作 家 与 故 乡

目　录

图书在版编目（CIP）数据

鲁迅的绍兴 / 鲁迅著 ; 陆宗寅摄影 . —北京 : 生活书店出版有限公司 , 2016.7
ISBN 978-7-80768-157-1

Ⅰ . ①鲁… Ⅱ . ①鲁… ②陆… Ⅲ . ①鲁迅小说－散文集 Ⅳ . ① I210.4

中国版本图书馆 CIP 数据核字 (2016) 第 144469 号

丛书策划 李 昕
责任编辑 肖 严 廉 勇
装帧设计 罗 洪
责任印制 常宁强
出版发行 生活書店出版有限公司
（北京市东城区美术馆东街 22 号）
邮 编 100010
经 销 新华书店
印 刷 北京顶佳世纪印刷有限公司
版 次 2016 年 7 月北京第 1 版
2016 年 7 月北京第 1 次印刷
开 本 880 毫米 ×1230 毫米 1/32 印张 7.25
字 数 100 千字 图 180 幅
印 数 0,001-5,000 册
定 价 46.00 元
（印装查询：010-64052612； 邮购查询：010-84010542）

鲁迅的绍兴

鲁迅 著
陆宗寅 编选、摄影

生活·讀書·新知 三联书店 生活書店 出版有限公司

乌蓬船——水乡绍兴独特的交通工具，船用篾篷漆成黑色而得名

故乡[1]

① 本篇最初发表于一九二一年五月《新青年》第九卷第一号。

鲁迅家的水井

我冒了严寒，回到相隔二千余里，别了二十余年的故乡去。

时候既然是深冬；渐近故乡时，天气又阴晦了，冷风吹进船舱中，呜呜的响，从篷隙向外一望，苍黄的天底下，远近横着几个萧索的荒村，没有一些活气。我的心禁不住悲凉起来了。

阿！这不是我二十年来时时记得的故乡？

我所记得的故乡全不如此。我的故乡好得多了。但要我记起他的

绍兴水乡和乌篷船

美丽，说出他的佳处来，却又没有影像，没有言辞了。仿佛也就如此。于是我自己解释说：故乡本也如此，——虽然没有进步，也未必有如我所感的悲凉，这只是我自己心情的改变罢了，因为我这次回乡，本没有什么好心绪。

我这次是专为了别他而来的。我们多年聚族而居的老屋，已经公同卖给别姓了，交屋的期限，只在本年，所以必须赶在正月初一以前，永别了熟识的老屋，而且远离了熟识的故乡，搬家到我在谋食的异地去。

第二日清早晨我到了我家的门口了。瓦楞上许多枯草的断茎当风抖着，正在说明这老屋难免易主的原因。几房的本家大约已经搬走了，所以很寂静。我到了自家的房外，我的母亲早已迎着出来

纵横的河道，千姿的石桥

了，接着便飞出了八岁的侄儿宏儿。

我的母亲很高兴，但也藏着许多凄凉的神情，教我坐下，歇息，喝茶，且不谈搬家的事。宏儿没有见过我，远远的对面站着只是看。

小河深巷，轻舟往返

但我们终于谈到搬家的事。我说外间的寓所已经租定了，又买了几件家具，此外须将家里所有的木器卖去，再去增添。母亲也说好，而且行李也略已齐集，木器不便搬运的，也小半卖去了，只是收不起钱来。

“你休息一两天，去拜望亲戚本家一回，我们便可以走了。”母亲说。

“是的。”

“还有闰土，他每到我家来时，总问起你，很想见你一回面。我已经将你到家的大约日期通知他，他也许就要来了。”

这时候，我的脑里忽然闪出一幅神异的图画来：深蓝的天空中挂着一轮金黄的圆月，下面是海边的沙地，都种着一望无际的碧绿的西瓜，其间有一个十一二岁的少年，项带银圈，手捏一柄钢叉，向一匹

鲁迅祖居台门斗。清乾隆十九年（一七五四年），周氏第八代世祖周绍鹏因家业拓展的需要，举家迁址于绍兴都昌坊，建造了这座坐北朝南的台门大院

猹[①]尽力的刺去，那猹却将身一扭，反从他的胯下逃走了。

这少年便是闰土。我认识他时，也不过十多岁，离现在将有三十年了；那时我的父亲还在世，家景也好，我正是一个少爷。那一年，我家是一件大祭祀的值年[②]。这祭祀，说是三十多年才能轮到一回，所以很郑重；正月里供祖像，供品很多，祭器很讲究，拜的人也很多，祭器也很要防偷去。我家只有一个忙月（我们这里给人做工的分

① 猹　作者在一九二九年五月四日致舒新城的信中说："'猹'字是我据乡下人所说的声音，生造出来的，读如'查'。……现在想起来，也许是獾罢。"

② 大祭祀的值年　封建社会中的大家族，每年都有祭祀祖先的活动，费用从族中"祭产"收入支取，由各房按年轮流主持，轮到的称为"值年"。

三种：整年给一定人家做工的叫长年；按日给人做工的叫短工；自己也种地，只在过年过节以及收租时候来给一定的人家做工的称忙月），忙不过来，他便对父亲说，可以叫他的儿子闰土来管祭器的。

我的父亲允许了；我也很高兴，因为我早听到闰土这名字，而且知道他和我仿佛年纪，闰月生的，五行缺土①，所以他的父亲叫他闰土。他是能装弶捉小鸟雀的。

我于是日日盼望新年，新年到，闰土也就到了。好容易到了年末，有一日，母亲告诉我，闰土来了，我便飞跑的去看。他正在厨房里，紫色的圆脸，头戴一顶小毡帽，颈上套一个明晃晃的银项圈，这可见他的父亲十分爱他，怕他死去，所以在神佛面前许下愿心，用圈子将他套住了。他见人很怕羞，只是不怕我，没有旁人的时候，便和我说话，于是不到半日，我们便熟识了。

我们那时候不知道谈些什么，只记得闰土很高兴，说是上城之后，见了许多没有见过的东西。

第二日，我便要他捕鸟。他说：

"这不能。须大雪下了才好。我们沙地上，下了雪，我扫出一块空地来，用短棒支起一个大竹匾，撒下秕谷，看鸟雀来吃时，我远远地将缚在棒上的绳子只一拉，那鸟雀就罩在竹匾下了。什么都有：稻

---

① **五行缺土** 旧社会所谓算"八字"的迷信说法。即用天干（甲、乙、丙、丁、戊、己、庚、辛、壬、癸）和地支（子、丑、寅、卯、辰、巳、午、未、申、酉、戌、亥）相配，来记一个人出生的年、月、日、时，各得两字，合为"八字"；又认为它们在五行（金、木、水、火、土）中各有所属，如甲乙寅卯属木，丙丁巳午属火等等，如八个字能包括五者，就是五行俱全。"五行缺土"，就是这八个字中没有属土的字，需用土或土作偏旁的字取名等办法来弥补。

周氏老台门大厅——德寿堂。周氏族人常在此举行重大喜庆或祭祖活动。鲁迅在绍兴时期，遇到节庆或祖先忌日，必到此堂行礼。他最后一次到德寿堂是一九一九年北迁之前

鸡，角鸡，鹁鸪，蓝背……”

我于是又很盼望下雪。

闰土又对我说：

“现在太冷，你夏天到我们这里来。我们日里到海边检贝壳去，红的绿的都有，鬼见怕也有，观音手①也有。晚上我和爹管西瓜去，

---

① 鬼见怕和观音手　都是小贝壳的名称。旧时浙江沿海的人把这种小贝壳用线串在一起，戴在孩子的手腕或脚踝上，认为可以“避邪”。这类名称多是根据“避邪”的意思取的。

你也去。”

“管贼么？”

“不是。走路的人口渴了摘一个瓜吃，我们这里是不算偷的。要管的是獾猪，刺猬，猹。月亮地下，你听，啦啦的响了，猹在咬瓜了。你便捏了胡叉，轻轻地走去……”

我那时并不知道这所谓猹的是怎么一件东西——便是现在也没有知道——只是无端的觉得状如小狗而很凶猛。

“他不咬人么？”

“有胡叉呢。走到了，看见猹了，你便刺。这畜生很伶俐，倒向你奔来，反从胯下窜了。他的皮毛是油一般的滑……”

我素不知道天下有这许多新鲜事：海边有如许五色的贝壳；西瓜

鲁迅祖居东厢花厅，是台门子弟启蒙读书的地方。书房正上方高悬“志伊学颜”大木匾额。“伊”指以才著称的商汤宰相伊尹，“颜”指以德著称的孔子弟子颜回。教育台门弟子要立志高远，学习认真

鲁迅祖居一角

有这样危险的经历，我先前单知道他在水果店里出卖罢了。

“我们沙地里，潮汛要来的时候，就有许多跳鱼儿只是跳，都有青蛙似的两个脚……”

阿！闰土的心里有无穷无尽的希奇的事，都是我往常的朋友所不知道的。他们不知道一些事，闰土在海边时，他们都和我一样只看见院子里高墙上的四角的天空。

可惜正月过去了，闰土须回家里去，我急得大哭，他也躲到厨房里，哭着不肯出门，但终于被他父亲带走了。他后来还托他的父亲带给我一包贝壳和几支很好看的鸟毛，我也曾送他一两次东西，但从此没有再见面。

现在我的母亲提起了他，我这儿时的记忆，忽而全都闪电似的苏生过来，似乎看到了我的美丽的故乡了。我应声说：

"这好极！他，——怎样？……"

"他？……他景况也很不如意……"母亲说着，便向房外看，"这些人又来了。说是买木器，顺手也就随便拿走的，我得去看看。"

母亲站起身，出去了。门外有几个女人的声音。我便招宏儿走近面前，和他闲话：问他可会写字，可愿意出门。

"我们坐火车去么？"

"我们坐火车去。"

"船呢？"

"先坐船，……"

"哈！这模样了！胡子这么长了！"一种尖利的怪声突然大叫起来。

我吃了一吓，赶忙抬起头，却见一个凸颧骨，薄嘴唇，五十岁上下的女人站在我面前，两手搭在髀间，没有系裙，张着两脚，正像一个画图仪器里细脚伶仃的圆规。

我愕然了。

"不认识了么？我还抱过你咧！"

我愈加愕然了。幸而我的母亲也就进来，从旁说：

"他多年出门，统忘却了。你该记得罢，"便向着我说，"这是斜对门的杨二嫂，……开豆腐店的。"

哦，我记得了。我孩子时候，在斜对门的豆腐店里确乎终日坐着一个杨二嫂，人都叫伊"豆腐西施"[①]。但是擦着白粉，颧骨没有这么

---

① **西施** 春秋时越国的美女，后来用以泛称一般美女。

高，嘴唇也没有这么薄，而且终日坐着，我也从没有见过这圆规式的姿势。那时人说：因为伊，这豆腐店的买卖非常好。但这大约因为年龄的关系，我却并未蒙着一毫感化，所以竟完全忘却了。然而圆规很不平，显出鄙夷的神色，仿佛嗤笑法国人不知道拿破仑，美国人不知道华盛顿似的，冷笑说：

“忘了？这真是贵人眼高……”

“那有这事……我……”我惶恐着，站起来说。

“那么，我对你说。迅哥儿，你阔了，搬动又笨重，你还要什么这些破烂木器，让我拿去罢。我们小户人家，用得着。”

“我并没有阔哩。我须卖了这些，再去……”

鲁迅家的灶间，由“三眼大灶”、大水缸和炊具组成。鲁迅和“闰土”（真名章运水）第一次见面就是在这厨房里

鲁迅家的磨具

“阿呀呀，你放了道台[①]了，还说不阔？你现在有三房姨太太；出门便是八抬的大轿，还说不阔？吓，什么都瞒不过我。”

我知道无话可说了，便闭了口，默默的站着。

“阿呀阿呀，真是愈有钱，便愈是一毫不肯放松，愈是一毫不肯放松，便愈有钱……”圆规一面愤愤的回转身，一面絮絮的说，慢慢向外走，顺便将我母亲的一副手套塞在裤腰里，出去了。

此后又有近处的本家和亲戚来访问我。我一面应酬，偷空便收拾些行李，这样的过了三四天。

一日是天气很冷的午后，我吃过午饭，坐着喝茶，觉得外面有人进来了，便回头去看。我看时，不由的非常出惊，慌忙站起身，迎着走去。

这来的便是闰土。虽然我一见便知道是闰土，但又不是我这记忆上的闰土了。他身材增加了一倍；先前的紫色的圆脸，已经变作灰黄，而且加上了很深的皱纹；眼睛也像他父亲一样，周围都肿得通红，这我知道，在海边种地的人，终日吹着海风，大抵是这样的。他

① 道台　清朝官职道员的俗称，分总管一个区域行政职务的道员和专掌某一特定职务的道员。前者是省以下、府州以上的行政长官；后者掌管一省特定事务，如督粮道、兵备道等。辛亥革命后，北洋政府也曾沿用此制，改称道尹。

鲁迅的卧室兼书房。一九〇九年夏，鲁迅从日本回国，在绍兴执教时常在此备课、写作。他的第一篇文言文小说《怀旧》就在这里写成

头上是一顶破毡帽，身上只一件极薄的棉衣，浑身瑟索着；手里提着一个纸包和一支长烟管，那手也不是我所记得的红活圆实的手，却又粗又笨而且开裂，像是松树皮了。

我这时很兴奋，但不知道怎么说才好，只是说：

“阿！闰土哥，——你来了？……”

我接着便有许多话，想要连珠一般涌出：角鸡，跳鱼儿，贝壳，猹，……但又总觉得被什么挡着似的，单在脑里面回旋，吐不出口外去。

他站住了，脸上现出欢喜和凄凉的神情；动着嘴唇，却没有作声。他的态度终于恭敬起来了，分明的叫道：

“老爷！……”

我似乎打了一个寒噤；我就知道，我们之间已经隔了一层可悲的厚障壁了。我也说不出话。

他回过头去说，“水生，给老爷磕头。”便拖出躲在背后的孩子来，这正是一个廿年前的闰土，只是黄瘦些，颈子上没有银圈罢了。“这是第五个孩子，没有见过世面，躲躲闪闪……”

母亲和宏儿下楼来了，他们大约也听到了声音。

“老太太。信是早收到了。我实在喜欢的了不得，知道老爷回来……”闰土说。

“阿，你怎的这样客气起来。你们先前不是哥弟称呼么？还是照旧：迅哥儿。”母亲高兴的说。

“阿呀，老太太真是……这成什么规矩。那时是孩子，不懂事……”闰土说着，又叫水生上来打拱，那孩子却害羞，紧紧的只贴在他背后。

“他就是水生？第五个？都是生人，怕生也难怪的；还是宏儿和他去走走。”母亲说。

宏儿听得这话，便来招水生，水生却松松爽爽同他一路出去了。母亲叫闰土坐，他迟疑了一回，终于就了坐，将长烟管靠在桌旁，递过纸包来，说：

“冬天没有什么东西了。这一点干青豆倒是自家晒在那里的，请老爷……”

我问问他的景况。他只是摇头。

“非常难。第六个孩子也会帮忙了，却总是吃不够……又不太平……什么地方都要钱，没有定规……收成又坏。种出东西来，挑去卖，总要捐几回钱，折了本；不去卖，又只能烂掉……”

他只是摇头；脸上虽然刻着许多皱纹，却全然不动，仿佛石像一般。他大约只是觉得苦，却又形容不出，沉默了片时，便拿起烟管来默默的吸烟了。

母亲问他，知道他的家里事务忙，明天便得回去；又没有吃过午饭，便叫他自己到厨下炒饭吃去。

他出去了；母亲和我都叹息他的景况：多子，饥荒，苛税，兵，匪，官，绅，都苦得他像一个木偶人了。母亲对我说，凡是不必搬走的东西，尽可以送他，可以听他自己去拣择。

下午，他拣好了几件东西：两条长桌，四个椅子，一副香炉和烛台，一杆抬秤。他又要所有的草灰（我们这里煮饭是烧稻草的，那灰，可以做沙地的肥料），待我们启程的时候，他用船来载去。

夜间，我们又谈些闲天，都是无关紧要的话；第二天早晨，他就领了水生回去了。

又过了九日，是我们启程的日期。闰土早晨便到了，水生没有同来，却只带着一个五岁的女儿管船只。我们终日很忙碌，再没有谈天的工夫。来客也不少，有送行的，有拿东西的，有送行兼拿东西的。待到傍晚我们上船的时候，这老屋里的所有破旧大小粗细东西，已经一扫而空了。

我们的船向前走，两岸的青山在黄昏中，都装成了深黛颜色，连着退向船后梢去。

宏儿和我靠着船窗，同看外面模糊的风景，他忽然问道：

鲁迅祖居一角

"大伯！我们什么时候回来？"

"回来？你怎么还没有走就想回来了。"

"可是，水生约我到他家玩去咧……"他睁着大的黑眼睛，痴痴的想。

我和母亲也都有些惘然，于是又提起闰土来。母亲说，那豆腐西施的杨二嫂，自从我家收拾行李以来，本是每日必到的，前天伊在灰堆里，掏出十多个碗碟来，议论之后，便定说是闰土埋着的，他可以在运灰的时候，一齐搬回家里去；杨二嫂发见了这件事，自己很以为功，便拿了那狗气杀（这是我们这里养鸡的器具，木盘上面有着栅栏，内盛食料，鸡可以伸进颈子去啄，狗却不能，只能看着气死），飞也似的跑了，亏伊装着这么高底的小脚，竟跑得样快。

老屋离我愈远了；故乡的山水也都渐渐远离了我，但我却并不感到怎样的留恋。我只觉得我四面有看不见的高墙，将我隔成孤身，使我非常气闷；那西瓜地上的银项圈的小英雄的影像，我本来十分清楚，现在却忽地模糊了，又使我非常的悲哀。

母亲和宏儿都睡着了。

我躺着，听船底潺潺的水声，知道我在走我的路。我想：我竟与闰土隔绝到这地步了，但我们的后辈还是一气，宏儿不是正在想念水生么。我希望他们不再像我，又大家隔膜起来……然而我又不愿意他们因为要一气，都如我的辛苦展转而生活，也不愿意他们都如闰土的辛苦麻木而生活，也不愿意都如别人的辛苦恣睢而生活。他们应该有新的生活，为我们所未经生活过的。

我想到希望，忽然害怕起来了。闰土要香炉和烛台的时候，我还暗地里笑他，以为他总是崇拜偶像，什么时候都不忘却。现在我所谓希望，不也是我自己手制的偶像么？只是他的愿望切近，我的愿望茫远罢了。

我在朦胧中，眼前展开一片海边碧绿的沙地来，上面深蓝的天空中挂着一轮金黄的圆月。我想：希望是本无所谓有，无所谓无的。这正如地上的路；其实地上本没有路，走的人多了，也便成了路。

一九二一年一月。

沈园长廊

我的第一个师父[1]

① 本篇最初发表于一九三六年四月《作家》月刊第一卷第一期。

长庆寺。未满周岁的鲁迅在这里得到住持所赐“长庚”法名。他在本篇中有生动的回忆

不记得是那一部旧书上看来的了，大意说是有一位道学先生，自然是名人，一生拼命辟佛，却名自己的小儿子为“和尚”。有一天，有人拿这件事来质问他。他回答道：“这正是表示轻贱呀！”那人无话可说而退云[①]。

其实，这位道学先生是诡辩。名孩子为“和尚”，其中是含有迷信的。中国有许多妖魔鬼怪，专喜欢杀害有出息的人，尤其是孩子；要下贱，他们才放手，安心。和尚这一种人，从和尚的立场看来，会成佛——但也不一定，——固然高超得很，而从读书人的立场一看，他们无家无室，不会做官，却是下贱之流。读书人意中的鬼怪，那意见当然和读书人相同，所以也就不

① 宋代笔记小说《道山清话》（著者不详）中记有如下的故事：“一长老在欧阳公（修）座上，见公家小儿有名僧哥者，戏谓公曰：‘公不重佛，安得此名？’公笑曰：‘人家小儿要易长育，往往以贱名为小名，如狗、羊、犬、马之类是也。’闻者莫不服公之捷对。”又据宋代王辟之著《渑水燕谈录》：“公（欧阳修）幼子小名和尚。”

长庆寺

来搅扰了。这和名孩子为阿猫阿狗，完全是一样的意思：容易养大。

还有一个避鬼的法子，是拜和尚为师，也就是舍给寺院了的意思，然而并不放在寺院里。我生在周氏是长男，“物以希为贵”，父亲怕我有出息，因此养不大，不到一岁，便领到长庆寺里去，拜了一个和尚为师了。拜师是否要贽见礼，或者布施什么的呢，我完全不知道。只知道我却由此得到一个法名叫作“长庚”，后来我也偶尔用作笔名，并且在《在酒楼上》这篇小说里，赠给了恐吓自己的侄女的无赖；还有一件百家衣，就是“衲衣”，论理，是应该用各种破布拼成的，但我的却是橄榄形的各色小绸片所缝就，非喜庆大事不给穿；还有一条称为“牛绳”的东西，上挂零星小件，如历本，镜子，银筛之类，据说是可以避邪的。

这种布置，好像也真有些力量：我至今没有死。

不过，现在法名还在，那两件法宝却早已失去了。前几年回北平去，母亲还给了我婴儿时代的银筛，是那时的惟一的记念。仔细一看，原来那筛子圆径不过寸余，中央一个太极图，上面一本书，下面一卷画，左右缀着极小的尺，剪刀，算盘，天平之类。我于是恍然大悟，中国的邪鬼，是怕斩钉截铁，不能含胡的东西的。因为探究和好奇，去年曾经去问上海的银楼，终于买了两面来，和我的几乎一式一样，不过缀着的小东西有些增减。奇怪得很，半世纪有余了，邪鬼还是这样的性情，避邪还是这样的法宝。然而我又想，这法宝成人却用不得，反而非常危险的。

但因此又使我记起了半世纪以前的最初的先生。我至今不知道他的法名，无论谁，都称他为“龙师父”，瘦长的身子，瘦长的脸，高颧细眼，和尚是不应该留须的，他却有两绺下垂的小胡子。对人很和气，对我也很和气，不教我念一句经，也不教我一点佛门规矩；他自己呢，穿起袈裟来做大和尚，或者戴上毗卢帽放焰口[1]，“无祀孤魂，来受甘露味”的时候，是庄严透顶的，平常可也不念经，因为是住持，只管着寺里的琐屑事，其实——自然是由我看起来——他不过是一个剃光了头发的俗人。

因此我又有一位师母，就是他的老婆。论理，和尚是不应该有老婆的，然而他有。我家的正屋的中央，供着一块牌位，用金字写着必须绝对尊敬和服从的五位：“天地君亲师”。我是徒弟，他是师，决不

① 毗卢帽　和尚所戴的一种绣有毗卢佛像的帽子。放焰口，旧俗于夏历七月十五日（中元节）晚上请和尚结盂兰盆会，诵经施食，称为“放焰口”。盂兰盆，梵语音译，“救倒悬”的意思；焰口，饿鬼名。

包公殿

能抗议，而在那时，也决不想到抗议，不过觉得似乎有点古怪。但我是很爱我的师母的，在我的记忆上，见面的时候，她已经大约有四十岁了，是一位胖胖的师母，穿着玄色纱衫裤，在自己家里的院子里纳凉，她的孩子们就来和我玩耍。有时还有水果和点心吃，——自然，这也是我所以爱她的一个大原因；用高洁的陈源教授的话来说，便是所谓“有奶便是娘”①，在人格上是很不足道的。

不过我的师母在恋爱故事上，却有些不平常。“恋爱”，这是现在的术语，那时我们这偏僻之区只叫作“相好”。《诗经》云：“式相好矣，

① “有奶便是娘” 一九二五年八月间，因北洋政府教育总长章士钊禁止爱国运动和宣扬复古思想，北京大学评议会发表宣言反对他为教育总长，并宣布和教育部脱离关系。后来少数教授顾虑脱离教育部后经费无着，一部分进步教授就在致本校同事的公函中说：“章士钊到任以来，曾为北京大学筹过若干经费，本校同人当各知悉；即使章士钊真能按月拨付，或并清偿积欠……同人亦当为公义而牺牲利益，维持最高学府之尊严……如若忽变态度……采取‘有奶便是娘’主义，我们不能不为北大同人羞之。”陈源在《现代评论》第二卷第四十期（一九二五年九月十二日）发表的《闲话》里，引用“有奶便是娘”这句话，歪曲公函中的原意，加以讥笑。

毋相尤矣”[1]，起源是算得很古，离文武周公的时候不怎么久就有了的，然而后来好像并不算十分冠冕堂皇的好话。这且不管它罢。总之，听说龙师父年青时，是一个很漂亮而能干的和尚，交际很广，认识各种人。有一天，乡下做社戏了，他和戏子相识，便上台替他们去敲锣，精光的头皮，簇新的海青[2]，真是风头十足。乡下人大抵有些顽固，以为和尚是只应该念经拜忏的，台下有人骂了起来。师父不甘示弱，也给他们一个回骂。于是战争开幕，甘蔗梢头雨点似的飞上来，有些勇士，还有进攻之势，“彼众我寡”，他只好退走，一面退，一面一定追，逼得他又只好慌张的躲进一家人家去。而这人家，又只有一位年青的寡妇。以后的故事，我也不甚了然了，总而言之，她后来就是我的师母。

自从《宇宙风》出世以来，一向没有拜读的机缘，近几天才看见了“春季特大号”。其中有一篇铁堂先生的《不以成败论英雄》，使我觉得很有趣，他以为中国人的“不以成败论英雄”，“理想是不能不算崇高”的，“然而在人群的组织上实在要不得。抑强扶弱，便是永远不愿意有强。崇拜失败英雄，便是不承认成功的英雄”。“近人有一句流行话，说中国民族富于同化力，所以辽金元清都并不曾征服中国。其实无非是一种惰性，对于新制度不容易接收罢了”。我们怎样来改悔这“惰性”呢，现在姑且不谈，而且正在替我们想法的人们也多得很。我只要说那位寡妇之所以变了我的师母，其弊病也就在“不以成败论英雄”。乡下没有活的岳飞或文天祥，所以一个漂亮的和尚在如

---

① “式相好矣，毋相尤矣” 语见《诗经·小雅·斯干》，意思是互相爱好而不相恶。式，发语辞。

② 海青 江浙一带方言，指一种广袖的长袍。

雨而下的甘蔗梢头中，从戏台逃下，也就是一个货真价实的失败的英雄。她不免发现了祖传的“惰性”，崇拜起来，对于追兵，也像我们的祖先的对于辽金元清的大军似的，“不承认成功的英雄”了。在历史上，这结果是正如铁堂先生所说：“乃是中国的社会不树威是难得帖服的”，所以活该有“扬州十日”和“嘉定三屠”①。但那时的乡下人，却好像并没有“树威”，走散了，自然，也许是他们料不到躲在家里。

因此我有了三个师兄，两个师弟。大师兄是穷人的孩子，舍在寺

晋代大书法家王羲之一千六百多年前在绍兴古城的故居外景

① “扬州十日”指清顺治二年（一六四五年）清军攻破扬州后进行的十天大屠杀。“嘉定三屠”，指同年清军占领嘉定后进行的三次大屠杀。清代王秀楚著《扬州十日记》、朱子素著《嘉定屠城记略》二书，分别对这两次惨杀作了较详的记载。

兰亭鹅池

里，或是卖在寺里的；其余的四个，都是师父的儿子，大和尚的儿子做小和尚，我那时倒并不觉得怎么稀奇。大师兄只有单身；二师兄也有家小，但他对我守着秘密，这一点，就可见他的道行远不及我的师父，他的父亲了。而且年龄都和我相差太远，我们几乎没有交往。

三师兄比我恐怕要大十岁，然而我们后来的感情是很好的，我常常替他担心。还记得有一回，他要受大戒了，他不大看经，想来未必深通什么大乘[①]教理，在剃得精光的囟门上，放上两排艾绒，同时烧起来，我看是总不免要叫痛的，这时善男信女，多数参加，实在不大

① 大乘　公元一、二世纪间形成的佛教宗派，相对于主张“自我解脱”的小乘教派而言。它主张“救度一切众生”，强调尽人皆可成佛，一切修行应以利他为主。

御碑亭前石狮

雅观，也失了我做师弟的体面。这怎么好呢？每一想到，十分心焦，仿佛受戒的是我自己一样。然而我的师父究竟道力高深，他不说戒律，不谈教理，只在当天大清早，叫了我的三师兄去，厉声吩咐道："拚命熬住，不许哭，不许叫，要不然，脑袋就炸开，死了！"这一种大喝，实在比什么《妙法莲花经》或《大乘起信论》①还有力，谁高兴死呢，于是仪式很庄严的进行，虽然两眼比平时水汪汪，但到两排艾绒在头顶上烧完，的确一声也不出。我嘘一口气，真所谓"如释重负"，善男信女们也个个"合十赞叹，欢喜布施，顶礼而散"②了。

出家人受了大戒，从沙弥升为和尚，正和我们在家人行过冠

① 《妙法莲花经》 简称《法华经》，印度佛教经典之一。通行的中译本为后秦鸠摩罗什所译。《大乘起信论》，解释大乘教理的佛教著作，相传为古印度马鸣作，有南朝梁真谛和唐代实叉难陀的两种译本。

② "合十赞叹"等语，是佛经中常见的话。合十，即合掌，用以表示敬意；顶礼，以头、手、足五体匍匐在地的叩拜，是一种最尊敬的礼节。

礼[1]，由童子而为成人相同。成人愿意“有室”，和尚自然也不能不想到女人。以为和尚只记得释迦牟尼或弥勒菩萨，乃是未曾拜和尚为师，或与和尚为友的世俗的谬见。寺里也有确在修行，没有女人，也不吃荤的和尚，例如我的大师兄即是其一，然而他们孤僻，冷酷，看不起人，好像总是郁郁不乐，他们的一把扇或一本书，你一动他就不高兴，令人不敢亲近他。所以我所熟识的，都是有女人，或声明想女人，吃荤，或声明想吃荤的和尚。

御碑亭。亭内碑高六点八米、重一千八百多斤。正面刻清代康熙皇帝摹写的《兰亭集序》全文

① 冠礼　我国古代礼俗，男子二十岁时举行冠礼，表示已经成人。《仪礼·士冠礼》篇中有关于冠礼的说明。

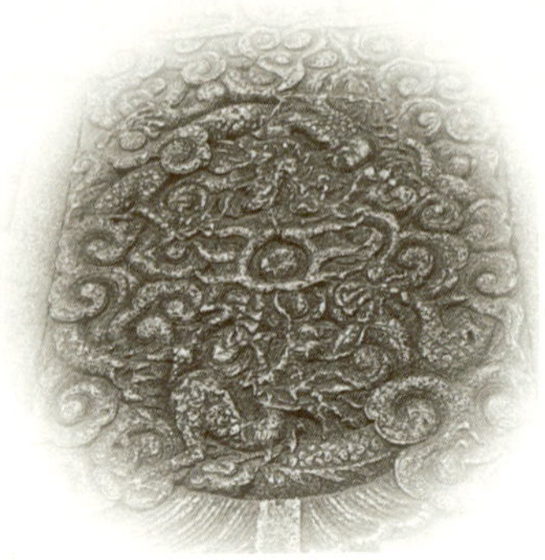

御碑亭前石雕祥云牡丹图

我那时并不诧异三师兄在想女人，而且知道他所理想的是怎样的女人。人也许以为他想的是尼姑罢，并不是的，和尚和尼姑“相好”，加倍的不便当。他想的乃是千金小姐或少奶奶；而作这“相思”或“单相思”——即今之所谓“单恋”也——的媒介的是“结”。我们那里的阔人家，一有丧事，每七日总要做一些法事，有一个七日，是要举行“解结”的仪式的，因为死人在未死之前，总不免开罪于人，存着冤结，所以死后要替他解散。方法是在这天拜完经忏的傍晚，灵前陈列着几盘东西，是食物和花，而其中有一盘，是用麻线或白头绳，穿上十来文钱，两头相合而打成蝴蝶式，八结式之类的复杂的，颇不容易解开的结子。一群和尚便环坐桌旁，且唱且解，解开之后，钱归和尚，而死人的一切冤结也从此完全消失了。这道理似乎有些古怪，但谁都这样办，并不为奇，大约也是一种“惰性”。不过解结是并不如世俗人的所推测，个个解开的，倘有和尚以为打得精致，因而生爱，或者故意打得结实，很难解散，因而生恨的，便能暗暗的整个落到僧袍的大袖里去，一任死者留下冤结，到地狱里去吃苦。这种宝结带回寺里，便保存起来，也时时鉴赏，恰如我们的或亦不免偏爱看看女作家的作品一样。当鉴赏的时候，当然也不免想到作家，打结子的是谁呢，男人不会，奴婢不会，有这种本领的，不消说是小姐或少奶奶了。和尚没有文学界人物的清高，所以他就不免睹物思人，所谓“时涉遐想”起来，至于心理状态，则我虽曾拜和尚为师，但究竟是在家人，不大明白底细。只记得三师兄曾经不得已而分给我几个，有些实在打得精奇，有些则打好之后，浸过水，还用剪刀柄之类砸实，使和尚无法解散。解结，是替死人设法的，现在却和和尚为难，我真不知道小姐或少奶奶是什么意思。这疑问直到二十年后，学了一点医学，才明白原来是给和尚吃苦，颇有一点虐待异性的病态的。深闺的怨恨，会无线电似的报在佛寺的和尚身上，我看道学先生可还没有料到这一层。

后来，三师兄也有了老婆，出身是小姐，是尼姑，还是“小家碧玉”呢，我不明白，他也严守秘密，道行远不及他的父亲了。这时我也长大起来，不知道从那里，听到了和尚应守清规之类的古老话，还用这话来嘲笑他，本意是在要他受窘。不料他竟一点不窘，立刻用“金刚怒目”式，向我大喝一声道：

“和尚没有老婆，小菩萨那里来！？”

这真是所谓“狮吼”[①]，使我明白了真理，哑口无言，我的确早看见寺里有丈余的大佛，有数尺或数寸的小菩萨，却从未想到他们为什么有大小。经此一喝，我才彻底的省悟了和尚有老婆的必要，以及一切小菩萨的来源，不再发生疑问。但要找寻三师兄，从此却艰难了一点，因为这位出家人，这时就有了三个家了：一是寺院，二是他的父母的家，三是他自己和女人的家。

---

① “狮吼” 佛家语，意思是震动世界的声音。宋僧道彦《景德传灯录》卷一引《普耀经》：“佛（释迦牟尼）初生刹利王家……分手指天地，作狮子吼声：‘上下及四维，无能尊我者。’”

深巷散发着古老文化的芳香，以它独特的魅力吸引着游客前往

我的师父，在约略四十年前已经去世；师兄弟们大半做了一寺的住持；我们的交情是依然存在的，却久已彼此不通消息。但我想，他们一定早已各有一大批小菩萨，而且有些小菩萨又有小菩萨了。

四月一日。

鲁迅家通往百草园的过道——洞门和砖雕

从百草园到三味书屋①

① 本篇最初发表于一九二六年十月十日《莽原》半月刊第一卷第十九期。

塾师寿镜吾带领学生练字的砚石板。

我家的后面有一个很大的园，相传叫作百草园。现在是早已并屋子一起卖给朱文公[①]的子孙了，连那最末次的相见也已经隔了七八年，其中似乎确凿只有一些野草；但那时却是我的乐园。

百草园。名称虽雅，其实是当年新台门内人家共有的菜园子

① 朱文公　即朱熹。“文”是宋王朝给他的谥号。作者绍兴的老屋于一九一九年卖给一个姓朱的人，所以这里戏称为“卖给朱文公的子孙”。

当年与百草园相邻的梁家园地，现为百草园的一部分

不必说碧绿的菜畦，光滑的石井栏，高大的皂荚树，紫红的桑椹；也不必说鸣蝉在树叶里长吟，肥胖的黄蜂伏在菜花上，轻捷的叫天子（云雀）忽然从草间直窜向云霄里去了。单是周围的短短的泥墙根一带，就有无限趣味。油蛉在这里低唱，蟋蟀们在这里弹琴。翻开断砖来，有时会遇见蜈蚣；还有斑蝥，倘若用手指按住它的脊梁，便会拍的一声，从后窍喷出一阵烟雾。何首乌藤和木莲藤缠络着，木莲有莲房一般的果实，何首乌有拥肿的根。有人说，何首乌根是有像人形的，吃了便可以成仙，我于是常常拔它起来，牵连不断地拔起来，也曾因此弄坏了泥墙，却从来没有见过有一块根像人样。如果不怕刺，还可以摘到覆盆子，像小珊瑚珠攒成的小球，又酸又甜，色味都比桑椹要好得远。

长的草里是不去的，因为相传这园里有一条很大的赤练蛇。

长妈妈曾经讲给我一个故事听：先前，有一个读书人住在古庙里用功，晚间，在院子里纳凉的时候，突然听到有人在叫他。答应着，四面看时，却见一个美女的脸露在墙头上，向他一笑，隐去了。他很高兴；但竟给那走来夜谈的老和尚识破了机关。说他脸上有些妖气，一定遇见"美女蛇"了；这是人首蛇身的怪物，能唤人名，倘一答应，夜间便要来吃这人的肉的。他自然吓得要死，而那老和尚却道无妨，给他一个小盒子，说只要放在枕边，便可高枕而卧。他虽然照样办，却总是睡不着，——当然睡不着的。到半夜，果然来了，沙沙沙！门外像是风雨声。他正抖作一团时，却听得豁的一声，一道金光从枕边飞出，外面便什么声音也没有了，那金光也就飞回来，敛在盒子里。后来呢？后来，老和尚说，这是飞蜈蚣，它能吸蛇的脑髓，美女蛇就被它治死了。

三味书屋台门，清朝末年绍兴城内很有名望的私塾。鲁迅十二岁至十七岁在此求学

结末的教训是：所以倘有陌生的声音叫你的名字，你万不可答应他。

这故事很使我觉得做人之险，夏夜乘凉，往往有些担心，不敢去看墙上，而且极想得到一盒老和尚那样的飞蜈蚣。走到百草园的草丛旁边时，也常常这样想。但直到现在，总还是没有得到，但也没有遇见过赤练蛇和美女蛇。叫我名字的陌生声音自然是常有的，然而都不是美女蛇。

冬天的百草园比较的无味；雪一下，可就两样了。拍雪人（将自己的全形印在雪上）和塑雪罗汉需要人们鉴赏，这是荒园，人迹罕至，所以不相宜，只好来捕鸟。薄薄的雪，是不行的；总须积雪盖了地面一两天，鸟雀们久已无处觅食的时候才好。扫开一块雪，露出地面，

书房，匾额上“三味书屋”四字出自清末大书法家梁同书手笔。“读经味如稻粱，读史味如肴馔，诸子百家味如醯醢。”是为“三味”。匾额下挂松鹿图。学生每天要先对着匾和图行礼，然后才开始读书

练字水缸

用一枝短棒支起一面大的竹筛来，下面撒些秕谷，棒上系一条长绳，人远远地牵着，看鸟雀下来啄食，走到竹筛底下的时候，将绳子一拉，便罩住了。但所得的是麻雀居多，也有白颊的“张飞鸟”①，性子很躁，养不过夜的。

这是闰土②的父亲所传授的方法，我却不大能用。明明见它们进去了，拉了绳，跑去一看，却什么都没有，费了半天力，捉住的不过三四只。闰土的父亲是小半天便能捕获几十只，装在叉袋③里叫着撞着的。我曾经问他得失的缘由，他只静静地笑道：你太性急，来不及等它走到中间去。

我不知道为什么家里的人要将我送进书塾里去了，而且还是全城中称为最严厉的书塾。也许是因为拔何首乌毁了泥墙罢，也许是因为将砖头抛到间壁的梁家去了罢，也许是因为站在石井栏上跳了下来罢，……都无从知道。总而言之：我将不能常到百草园了。Ade④，我的蟋蟀们！ Ade，我的覆盆子们和木莲们！……

---

① “张飞鸟” 即鹡鸰。头部圆而黑，前额纯白，形似舞台上张飞的脸谱，所以浙东有的地方叫它“张飞鸟”。

② 闰土 作者小说《故乡》中的人物。原型为章运水，绍兴道墟乡杜浦村（今属上虞县）人。他的父亲名福庆，是个农民，兼作竹匠，常在作者家做短工。

③ 叉袋 袋口成叉角的麻袋或布袋。

④ Ade 德语，“再见”的意思。

出门向东，不上半里，走过一道石桥，便是我的先生①的家了。从一扇黑油的竹门进去，第三间是书房。中间挂着一块扁道：三味书屋②；扁下面是一幅画，画着一只很肥大的梅花鹿伏在古树下。没有孔子牌位，我们便对着那扁和鹿行礼。第一次算是拜孔子，第二次算是拜先生。

第二次行礼时，先生便和蔼地在一旁答礼。他是一个高而瘦的老人，须发都花白了，还戴着大眼镜。我对他很恭敬，因为我早听到，他是本城中极方正，质朴，博学的人。

不知从那里听来的，东方朔③也很渊博，他认识一种虫，名曰“怪哉”④，冤气所化，用酒一浇，就消释了。我很想详细地知道这故事，但阿长是不知道的，因为她毕竟不渊博。现在得到机会了，可以问先生。

“先生，‘怪哉’这虫，是怎么一回事？……”我上了生书，将要退下来的时候，赶忙问。

“不知道！”他似乎很不高兴，脸上还有怒色了。

---

① 我的先生　指寿怀鉴（一八四九年至一九二九年），字镜吾，是个秀才。

② 三味书屋　在绍兴作者故居附近，它和百草园现在都是绍兴鲁迅纪念馆的一部分。

③ 东方朔（公元前一五四年至公元前九十三年）　字曼倩，平原厌次（今山东惠民）人，西汉文学家。他是汉武帝的侍臣，善讽谏，喜诙谐，旧时关于他的传说很多。《史记·滑稽列传》附传中说他“好古传书，爱经术，多所博观外家之语”。

④ “怪哉”　传说中的一种怪虫。据《古小说钩沉·小说》：武帝幸甘泉宫，驰道中，有虫赤色，头目牙齿耳鼻尽具，观者莫识。帝乃使朔视之，还对曰：“此‘怪哉’也。昔秦时拘系无辜，众庶愁怨，咸仰首叹曰：‘怪哉怪哉！’盖感动上天愤所生也，故名‘怪哉’。此地必秦之狱处。”即按地图，果秦故狱。又问：“何以去虫？”朔曰：“凡忧者得酒而解，以酒灌之当消。”于是使人取虫置酒中，须臾果糜散矣。

我才知道做学生是不应该问这些事的，只要读书，因为他是渊博的宿儒，决不至于不知道，所谓不知道者，乃是不愿意说。年纪比我大的人，往往如此，我遇见过好几回了。

我就只读书，正午习字，晚上对课[1]。先生最初这几天对我很严厉，后来却好起来了，不过给我读的书渐渐加多，对课也渐渐地加上字去，从三言到五言，终于到七言。

三味书屋后面也有一个园，虽然小，但在那里也可以爬上花坛去折蜡梅花，在地上或桂花树上寻蝉蜕。最好的工作是捉了苍蝇喂蚂蚁，静悄悄地没有声音。然而同窗们到园里的太多，太久，可就不行了，先生在书房里便大叫起来：

“人都到那里去了？！”

人们便一个一个陆续走回去；一同回去，也不行的。他有一条戒尺，但是不常用，也有罚跪的规则，但也不常用，普通总不过瞪几眼，大声道：

“读书！”

于是大家放开喉咙读一阵书，真是人声鼎沸。有念“仁远乎哉我欲仁斯仁至矣”的，有念“笑人齿缺曰狗窦大开”的，有念“上九潜龙勿用”的，有念“厥土下上上错厥贡苞茅橘柚”的……。[2]先生自

---

① 对课　旧时学塾教学生练习对仗的一种功课，用虚实平仄的字相对，如“桃红”对“柳绿”之类。

② 这些都是旧时学塾读物中的句子。“仁远乎哉我欲仁斯仁至矣”，见《论语·述而》。“笑人齿缺曰狗窦大开”，见《幼学琼林·身体》。“上九潜龙勿用”，见《周易·乾》，原作“初九，潜龙勿用”。“厥土下上上错厥贡苞茅橘柚”，这是学生读《尚书·禹贡》时念错的句子；原作“厥田惟下下，厥赋下上上错……厥包橘柚锡贡”。

“三味书屋”天井

己也念书。后来，我们的声音便低下去，静下去了，只有他还大声朗读着：

“铁如意，指挥倜傥，一座皆惊呢～～～；金叵罗，颠倒淋漓噫，千杯未醉嗬～～～……。”①

我疑心这是极好的文章，因为读到这里，他总是微笑起来，而且将头仰起，摇着，向后面拗过去，拗过去。

---

① “铁如意”等语，是清末刘翰作《李克用置酒三垂岗赋》中的句子。原文作：“玉如意指挥倜傥，一座皆惊；金叵罗倾倒淋漓，千杯未醉。”刘翰，江苏武进人，江阴南菁书院学生。这篇赋是颂扬五代后唐李克用父子的。见王先谦编的《清嘉集初稿》卷五。

先生读书入神的时候，于我们是很相宜的。有几个便用纸糊的盔甲套在指甲上做戏。我是画画儿，用一种叫作“荆川纸”的，蒙在小说的绣像[1]上一个个描下来，像习字时候的影写一样。读的书多起来，画的画也多起来；书没有读成，画的成绩却不少了，最成片段的是《荡寇志》和《西游记》[2]的绣像，都有一大本。后来，因为要钱用，卖给一个有钱的同窗了。他的父亲是开锡箔店的；听说现在自己已经做了店主，而且快要升到绅士的地位了。这东西早已没有了罢。

九月十八日。

① 绣像　明清以来附在通俗小说卷首的书中人物白描画像。

② 《西游记》 长篇小说，明代吴承恩著，共一百回。

绍兴人喜爱绍剧、越剧和莲花落等曲艺

社戏[1]

① 本篇最初发表于一九二二年十二月上海《小说月报》第十三卷第十二号。本文为节选。

鲁迅外婆家的太师椅

……前几天，我忽在无意之中看到一本日本文的书，可惜忘记了书名和著者，总之是关于中国戏的。其中有一篇，大意仿佛说，中国戏是大敲，大叫，大跳，使看客头昏脑眩，很不适于剧场，但若在野外散漫的所在，远远的看起来，也自有他的风致。我当时觉着这正是

湖边戏台

鲁迅外婆家——鲁村安桥头。距绍兴古城东北约十七公里

说了在我意中而未曾想到的话，因为我确记得在野外看过很好的好戏，到北京以后的连进两回戏园去，也许还是受了那时的影响哩。可惜我不知道怎么一来，竟将书名忘却了。

至于我看那好戏的时候，却实在已经是“远哉遥遥”的了，其时恐怕我还不过十一二岁。我们鲁镇的习惯，本来是凡有出嫁的女儿，倘自己还未当家，夏间便大抵回到母家去消夏。那时我的祖母虽然还康健，但母亲也已分担了些家务，所以夏期便不能多日的归省了，只得在扫墓完毕之后，抽空去住几天，这时我便每年跟了我的母亲住在外祖母的家里。那地方叫平桥村，是一个离海边不远，极偏僻的，临河的小村庄；住户不满三十家，都种田，打鱼，只有一家很小的杂货店。但在我是乐土：因为我在这里不但得到优待，又可以免念“秩秩斯干幽幽南山"[1]了。

和我一同玩的是许多小朋友，因为有了远客，他们也都从父母那里得了减少工作的许可，伴我来游戏。在小村里，一家的客，几乎也就是公共的。我们年纪都相仿，但论起行辈来，却至少是叔子，有几个还是太公，因为他们合村都同姓，是本家。然而我们是朋友，即使偶而吵闹起来，打了太公，一村的老老小小，也决没有一个会想出"犯上"这两个字来，而他们也百分之九十九不识字。

我们每天的事情大概是掘蚯蚓，掘来穿在铜丝做的小钩上，伏在河沿上去钓虾。虾是水世界里的呆子，决不惮用了自己的两个钳捧着钩尖送到嘴里去的，所以不半天便可以钓到一大碗。这虾照例是归我吃的。其次便是一同去放牛，但或者因为高等动物了的缘故罢，黄牛水牛都欺生，敢于欺侮我，因此我也总不敢走近身，只好远远地跟着，站着。这时候，小朋友们便不再原谅我会读"秩秩斯干"，却全都嘲笑起来了。

至于我在那里所第一盼望的，却在到赵庄去看戏。赵庄是离平桥村五里的较大的村庄；平桥村太小，自己演不起戏，每年总付给赵庄多少钱，算作合做的。当时我并不想到他们为什么年年要演戏。现在想，那或者是春赛，是社戏[2]了。

就在我十一二岁时候的这一年，这日期也看看等到了。不料这一

---

① "秩秩斯干幽幽南山" 语见《诗经·小雅·斯干》。据汉代郑玄注："秩秩，流行也；干，涧也；幽幽，深远也。"

② 社戏 "社"原指土地神或土地庙。在绍兴，社是一种区域名称，社戏就是社中每年所演的"年规戏"。

鲁迅外婆家天井，上为堂屋，两侧为鲁家的厨房和仓库。鲁迅外祖父的祖上就世居在此，鲁迅少年时代一年之中总要随母亲到这里住上一些日子

年真可惜，在早上就叫不到船。平桥村只有一只早出晚归的航船是大船，决没有留用的道理。其余的都是小船，不合用；央人到邻村去问，也没有，早都给别人定下了。外祖母很气恼，怪家里的人不早定，絮叨起来。母亲便宽慰伊，说我们鲁镇的戏比小村里的好得多，一年看几回，今天就算了。只有我急得要哭，母亲却竭力的嘱咐我，说万不能装模装样，怕又招外祖母生气，又不准和别人一同去，说是怕外祖母要担心。

总之，是完了。到下午，我的朋友都去了，戏已经开场了，我似乎听到锣鼓的声音，而且知道他们在戏台下买豆浆喝。

这一天我不钓虾，东西也少吃。母亲很为难，没有法子想。到晚饭时候，外祖母也终于觉察了，并且说我应当不高兴，他们太怠慢，是待客的礼数里从来所没有的。吃饭之后，看过戏的少年们也都聚拢来了，高高兴兴的来讲戏。只有我不开口；他们都叹息而且表同情。忽然间，一个最聪明的双喜大悟似的提议了，他说，“大船？八叔的航船不是回来了么？”十几个别的少年也大悟，立刻撺掇起来，说可以坐了这航船和我一同去。我高兴了。然而外祖母又怕都是孩子们，不可靠；母亲又说是若叫大人一同去，他们白天全有工作，要他熬夜，是不合情理的。在这迟疑之中，双喜可又看出底细来了，便又大声的说道，“我写包票！船又大；迅哥儿向来不乱跑；我们又都是识水性的！”

诚然！这十多个少年，委实没有一个不会凫水的，而且两三个还

鲁迅外婆家宅内小园圃

卖锡箔的小摊

是弄潮的好手。

外祖母和母亲也相信，便不再驳回，都微笑了。我们立刻一哄的出了门。

我的很重的心忽而轻松了，身体也似乎舒展到说不出的大。一出门，便望见月下的平桥内泊着一只白篷的航船，大家跳下船，双喜拔前篙，阿发拔后篙，年幼的都陪我坐在舱中，较大的聚在船尾。母亲送出来吩咐"要小心"的时候，我们已经点开船，在桥石上一磕，退后几尺，即又上前出了桥。于是架起两支橹，一支两人，一里一换，有说笑的，有嚷的，夹着潺潺的船头激水的声音，在左右都是碧绿的豆麦田地的河流中，飞一般径向赵庄前进了。

两岸的豆麦和河底的水草所发散出来的清香，夹杂在水气中扑面的吹来；月色便朦胧在这水气里。淡黑的起伏的连山，仿佛是踊跃的铁的兽脊似的，都远远地向船尾跑去了，但我却还以为船慢。他们换了四回手，渐望见依稀的赵庄，而且似乎听到歌吹了，还有几点火，料想便是戏台，但或者也许是渔火。

古戏台

那声音大概是横笛，宛转，悠扬，使我的心也沉静，然而又自失起来，觉得要和他弥散在含着豆麦蕴藻之香的夜气里。

那火接近了，果然是渔火；我才记得先前望见的也不是赵庄。那是正对船头的一丛松柏林，我去年也曾经去游玩过，还看见破的石马倒在地下，一个石羊蹲在草里呢。过了那林，船便弯进了叉港，于是赵庄便真在眼前了。

最惹眼的是屹立在庄外临河的空地上的一座戏台，模胡在远外的月夜中，和空间几乎分不出界限，我疑心画上见过的仙境，就在这里出现了。这时船走得更快，不多时，在台上显出人物来，红红绿绿的动，近台的河里一望乌黑的是看戏的人家的船篷。

“近台没有什么空了，我们远远的看罢。”阿发说。

绍剧、越剧、莲花落等地方曲艺为绍兴人所喜爱，并流行于上海、杭州地区

这时船慢了，不久就到，果然近不得台旁，大家只能下了篙，比那正对戏台的神棚还要远。其实我们这白篷的航船，本也不愿意和乌篷的船在一处，而况并没有空地呢……

在停船的匆忙中，看见台上有一个黑的长胡子的背上插着四张旗，捏着长枪，和一群赤膊的人正打仗。双喜说，那就是有名的铁头老生，能连翻八十四个筋斗，他日里亲自数过的。

我们便都挤在船头上看打仗，但那铁头老生却又并不翻筋斗，只有几个赤膊的人翻，翻了一阵，都进去了，接着走出一个小旦来，咿咿呀呀的唱。双喜说，“晚上看客少，铁头老生也懈了，谁肯显本领给白地看呢？”我相信这话对，因为其时台下已经不很有人，乡下人为了明天的工作，熬不得夜，早都睡觉去了，疏疏朗朗的站着的不过是几十个本村和邻村的闲汉。乌篷船里的那些土财主的家眷固然在，然而他们也不在乎看戏，多半是专到戏台下来吃糕饼水果和瓜子的。所以简直可以算白地。

然而我的意思却也并不在乎看翻筋斗。我最愿意看的是一个人蒙了白布，两手在头上捧着一支棒似的蛇头的蛇精，其次是套了黄布衣跳老虎。但是等了许多时都不见，小旦虽然进去了，立刻又出来了一个很老的小生。我有些疲倦了，托桂生买豆浆去。他去了一刻，回来说，“没有。卖豆浆的聋子也回去了。日里倒有，我还喝了两碗呢。现在去舀一瓢水来给你喝罢。”

我不喝水，支撑着仍然看，也说不出见了些什么，只觉得戏子的脸都渐渐的有些稀奇了，那五官渐不明显，似乎融成一片的再没有什么高低。年纪小的几个多打呵欠了，大的也各管自己谈话。忽而一个红

鲁迅外婆家朝北台门

衫的小丑被绑在台柱子上，给一个花白胡子的用马鞭打起来了，大家才又振作精神的笑着看。在这一夜里，我以为这实在要算是最好的一折。

然而老旦终于出台了。老旦本来是我所最怕的东西，尤其是怕他坐下了唱。这时候，看见大家也都很扫兴，才知道他们的意见是和我一致的。那老旦当初还只是踱来踱去的唱，后来竟在中间的一把交椅上坐下了。我很担心；双喜他们却就破口喃喃的骂。我忍耐的等着，许多工夫，只见那老旦将手一抬，我以为就要站起来了，不料他却又慢慢的放下在原地方，仍旧唱。全船里几个人不住的吁气，其余的也打起呵欠来。双喜终于熬不住了，说道，怕他会唱到天明还不完，还是我们走的好罢。大家立刻都赞成，和开船时候一样踊跃，三四人径奔船尾，拔了篙，点退几丈，回转船头，架起橹，骂着老旦，又向那松柏林前进了。

雕花床上的雕花

月还没有落，仿佛看戏也并不很久似的，而一离赵庄，月光又显得格外的皎洁。回望戏台在灯火光中，却又如初来未到时候一般，又漂渺得像一座仙山楼阁，满被红霞罩着了。吹到耳边来的又是横笛，

鲁迅在外婆家住的雕花床

很悠扬；我疑心老旦已经进去了，但也不好意思说再回去看。

不多久，松柏林早在船后了，船行也并不慢，但周围的黑暗只是浓，可知已经到了深夜。他们一面议论着戏子，或骂，或笑，一面加紧的摇船。这一次船头的激水声更其响亮了，那航船，就像一条大白鱼背着一群孩子在浪花里蹿，连夜渔的几个老渔父，也停了艇子看着喝采起来。

离平桥村还有一里模样，船行却慢了，摇船的都说很疲乏，因为

鲁迅外婆家的堂厅

太用力，而且许久没有东西吃。这回想出来的是桂生，说是罗汉豆[1]正旺相，柴火又现成，我们可以偷一点来煮吃的。大家都赞成，立刻近岸停了船；岸上的田里，乌油油的便都是结实的罗汉豆。

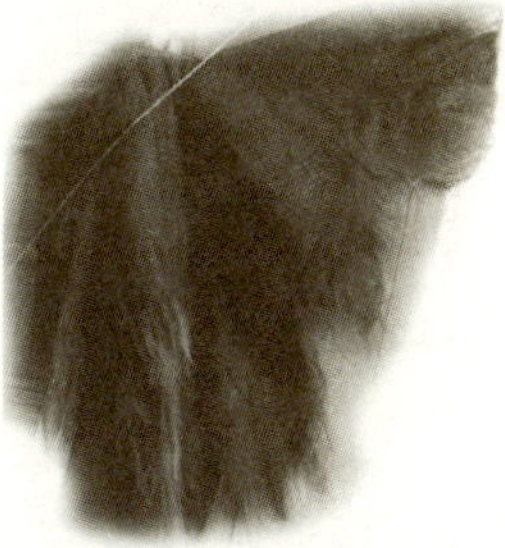
蓑衣，防雨用具。鲁迅披上它与小伙伴在河边钓鱼

“阿阿，阿发，这边是你家的，这边是老六一家的，我们偷那一边的呢？”双喜先跳下去了，在岸上说。

我们也都跳上岸。阿发一面跳，一面说道，“且慢，让我来看一看罢，”他于是往来的摸了一回，直起身来说道，“偷我们的罢，我们的大得多呢。”一声答应，大家便散开在阿发家的豆田里，各摘了一大捧，抛入船舱中。双喜以为再多偷，倘给阿发的娘知道是要哭骂的，于是各人便到六一公公的田里又各偷了一大捧。

我们中间几个年长的仍然慢慢的摇着船，几个到后舱去生火，年幼的和我都剥豆。不久豆熟了，便任凭航船浮在水面上，都围起来用手撮着吃。吃完豆，又开船，一面洗器具，豆荚豆壳全抛在河水里，什么痕迹也没有了。双喜所虑的是用了八公公船上的盐和柴，这老头子很细心，一定要知道，会骂的。然而大家议论之后，归结是不怕。他如果骂，我们便要他归还去年在岸边拾去的一枝枯柏树，而且当面叫他“八癞子”。

“都回来了！那里会错。我原说过写包票的！”双喜在船头上忽而大声的说。

---

① 罗汉豆　即蚕豆。

我向船头一望，前面已经是平桥。桥脚上站着一个人，却是我的母亲，双喜便是对伊说着话。我走出前舱去，船也就进了平桥了，停了船，我们纷纷都上岸。母亲颇有些生气，说是过了三更了，怎么回来得这样迟，但也就高兴了，笑着邀大家去吃炒米。

大家都说已经吃了点心，又渴睡，不如及早睡的好，各自回去了。

第二天，我向午才起来，并没有听到什么关系八公公盐柴事件的纠葛，下午仍然去钓虾。

“双喜，你们这班小鬼，昨天偷了我的豆了罢？又不肯好好的摘，踏坏了不少。”我抬头看时，是六一公公棹着小船，卖了豆回来了，船肚里还有剩下的一堆豆。

“是的。我们请客。我们当初还不要你的呢。你看，你把我的虾吓跑了！”双喜说。

竹编器具

六一公公看见我，便停了楫，笑道，“请客？——这是应该的。”于是对我说，“迅哥儿，昨天的戏可好么？”

我点一点头，说道，“好。”

“豆可中吃呢？”

我又点一点头，说道，“很好。”

不料六一公公竟非常感激起来，将大拇指一翘，得意的说道，“这真是大市镇里出来的读过书的人才识货！我的豆种是粒粒挑选过的，乡下人不识好歹，还说我的豆比不上别人的呢。我今天也要送些给我们的姑奶奶尝尝去……”他于是打着楫子过去了。

待到母亲叫我回去吃晚饭的时候，桌上便有一大碗煮熟了的罗汉豆，就是六一公公送给母亲和我吃的。听说他还对母亲极口夸奖我，说“小小年纪便有见识，将来一定要中状元。姑奶奶，你的福气是可以写包票的了。”但我吃了豆，却并没有昨夜的豆那么好。

真的，一直到现在，我实在再没有吃到那夜似的好豆，——也不再看到那夜似的好戏了。

一九二二年十月。

鲁迅家屯粮房——存放稻谷、农具等

风波①

① 本篇最初发表于一九二〇年九月《新青年》第八卷第一号。

临河的土场上，太阳渐渐的收了他通黄的光线了。场边靠河的乌桕树叶，干巴巴的才喘过气来，几个花脚蚊子在下面哼着飞舞。面河的农家的烟突里，逐渐减少了炊烟，女人孩子们都在自己门口的土场上泼些水，放下小桌子和矮凳；人知道，这已经是晚饭时候了。

老人男人坐在矮凳上，摇着大芭蕉扇闲谈，孩子飞也似的跑，或

晒乌干菜。乌干菜又称梅干菜，色黑褐，味鲜美。在绍兴，几乎家家腌制，常年食用

乌毡帽、绍兴酒坛（雕塑）。乌毡帽是绍兴人的一个重要标志。帽由羊毛制成，顶圆，色黑，有卷边。有御寒、避雨、遮阳、防护或盛放物品等诸多用途；绍兴老酒，醇厚甘甜，本地人特别爱喝，故有绍兴“无处不酒家”之称

者蹲在乌桕树下赌玩石子。女人端出乌黑的蒸干菜和松花黄的米饭，热蓬蓬冒烟。河里驶过文人的酒船，文豪见了，大发诗兴，说，“无思无虑，这真是田家乐呵！”

但文豪的话有些不合事实，就因为他们没有听到九斤老太的话。这时候，九斤老太正在大怒，拿破芭蕉扇敲着凳脚说：

“我活到七十九岁了，活够了，不愿意眼见这些败家相，——还是死的好。立刻就要吃饭了，还吃炒豆子，吃穷了一家子！”

伊的曾孙女儿六斤捏着一把豆，正从对面跑来，见这情形，便直奔河边，藏在乌桕树后，伸出双丫角的小头，大声说，“这老不死的！”

九斤老太虽然高寿，耳朵却还不很聋，但也没有听到孩子的话，仍旧自己说，“这真是一代不如一代！”

这村庄的习惯有点特别，女人生下孩子，多喜欢用秤称了轻重，便用斤数当作小名。九斤老太自从庆祝了五十大寿以后，便渐渐的变了不平家，常说伊年青的时候，天气没有现在这般热，豆子也没有现在这般硬：总之现在的时世是不对了。何况六斤比伊的曾祖，少了三斤，比伊父亲七斤，又少了一斤，这真是一条颠扑不破的实例。所以伊又用劲说，“这真是一代不如一代！”

伊的儿媳[①]七斤嫂子正捧着饭篮走到桌边，便将饭篮在桌上一摔，愤愤的说，“你老人家又这么说了。六斤生下来的时候，不是六斤五两么？你家的秤又是私秤，加重称，十八两秤；用了准十六，我们的六斤该有七斤多哩。我想便是太公和公公，也不见得正是九斤八斤十足，用的秤也许是十四两……”

“一代不如一代！”

七斤嫂还没有答话，忽然看见七斤从小巷口转出，便移了方向，对他嚷道，“你这死尸怎么这时候才回来，死到那里去了！不管人家等着你开饭！”

七斤虽然住在农村，却早有些飞黄腾达的意思。从他的祖父到他，三代不捏锄头柄了；他也照例的帮人撑着航船，每日一回，早晨从鲁镇进城，傍晚又回到鲁镇，因此很知道些时事：例如什么地方，雷公劈死了蜈蚣精；什么地方，闺女生了一个夜叉之类。他在村人里

---

① 伊的儿媳　从上下文看，这里的“儿媳”应是“孙媳”。

安昌安康桥

面，的确已经是一名出场人物了。但夏天吃饭不点灯，却还守着农家习惯，所以回家太迟，是该骂的。

七斤一手捏着象牙嘴白铜斗六尺多长的湘妃竹烟管，低着头，慢慢地走来，坐在矮凳上。六斤也趁势溜出，坐在他身边，叫他爹爹。七斤没有应。

“一代不如一代！”九斤老太说。

七斤慢慢地抬起头来，叹一口气说，“皇帝坐了龙庭了。”

七斤嫂呆了一刻，忽而恍然大悟的道，“这可好了，这不是又要皇恩大赦了么！”

七斤又叹一口气，说，“我没有辫子。”

“皇帝要辫子么？”

“皇帝要辫子。”

“你怎么知道呢？”七斤嫂有些着急，赶忙的问。

“咸亨酒店里的人，都说要的。”

七斤嫂这时从直觉上觉得事情似乎有些不妙了，因为咸亨酒店是消息灵通的所在。伊一转眼瞥见七斤的光头，便忍不住动怒，怪他恨他怨他；忽然又绝望起来，装好一碗饭，搡在七斤的面前道，“还是赶快吃你的饭罢！哭丧着脸，就会长出辫子来么？”

太阳收尽了他最末的光线了，水面暗暗地回复过凉气来；土场上一片碗筷声响，人人的脊梁上又都吐出汗粒。七斤嫂吃完三碗饭，偶

老街小市

然抬起头，心坎里便禁不住突突地发跳。伊透过乌桕叶，看见又矮又胖的赵七爷正从独木桥上走来，而且穿着宝蓝色竹布的长衫。

铁匠铺子，一种古老的打铁方式

赵七爷是邻村茂源酒店的主人，又是这三十里方圆以内的唯一的出色人物兼学问家；因为有学问，所以又有些遗老的臭味。他有十多本金圣叹批评的《三国志》[1]，时常坐着一个字一个字的读；他不但能说出五虎将姓名，甚而至于还知道黄忠表字汉升和马超表字孟起。革命以后，他便将辫子盘在顶上，像道士一般；常常叹息说，倘若赵子龙在世，天下便不会乱到这地步了。七斤嫂眼睛好，早望见今天的赵七爷已经不是道士，却变成光滑头皮，乌黑发顶；伊便知道这一定是皇帝坐了龙庭，而且一定须有辫子，而且七斤一定是非常危险。因为赵七爷的这件竹布长衫，轻易是不常穿的，三年以来，只穿过两次：一次是和他呕气的麻子阿四病了的时候，一次是曾经砸烂他酒店的鲁大爷死了的时候；现在是第三次了，这一定又是于他有庆，于他的仇家有殃了。

七斤嫂记得，两年前七斤喝醉了酒，曾经骂过赵七爷是“贱胎”，

---

① 金圣叹批评的《三国志》 指小说《三国演义》。金圣叹（1608–1661），明末清初文人，曾批注《水浒》、《西厢记》等书，他把所加的序文、读法和评语等称为“圣叹外书”。《三国演义》是元末明初罗贯中所著，后经清代毛宗岗改编，卷首有假托为金圣叹所作的序，并有“圣叹外书”字样，每回前均附加评语，通常就都把这评语认为金圣叹所作。

所以这时便立刻直觉到七斤的危险，心坎里突突地发起跳来。

赵七爷一路走来，坐着吃饭的人都站起身，拿筷子点着自己的饭碗说，“七爷，请在我们这里用饭！”七爷也一路点头，说道“请请”，却一径走到七斤家的桌旁。七斤们连忙招呼，七爷也微笑着说“请请”，一面细细的研究他们的饭菜。

“好香的干菜，——听到了风声了么？”赵七爷站在七斤的后面七斤嫂的对面说。

“皇帝坐了龙庭了。”七斤说。

七斤嫂看着七爷的脸，竭力陪笑道，“皇帝已经坐了龙庭，几时皇恩大赦呢？”

“皇恩大赦？——大赦是慢慢的总要大赦罢。”七爷说到这里，声

香烛小店

木桶铺子，传统的制作方式

色忽然严厉起来，“但是你家七斤的辫子呢，辫子？这倒是要紧的事。你们知道：长毛时候，留发不留头，留头不留发，……”

七斤和他的女人没有读过书，不很懂得这古典的奥妙，但觉得有学问的七爷这么说，事情自然非常重大，无可挽回，便仿佛受了死刑宣告似的，耳朵里嗡的一声，再也说不出一句话。

竹林小径

“一代不如一代，——”九斤老太正在不平，趁这机会，便对赵七爷说，“现在的长毛，只是剪人家的辫子，僧不僧，道不道的。从前的长毛，这样的么？我活到七十九岁了，活够了。从前的长毛是——整匹的红缎子裹头，拖下去，拖下去，一直拖到脚跟；王爷是黄缎子，拖下去，黄缎子；红缎子，黄缎子，——我活够了，七十九岁了。”

七斤嫂站起身，自言自语的说，“这怎么好呢？这样的一班老小，都靠他养活的人，……”

赵七爷摇头道，“那也没法。没有辫子，该当何罪，书上都一条一条明明白白写着的。不管他家里有些什么人。”

七斤嫂听到书上写着，可真是完全绝望了；自己急得没法，便忽然又恨到七斤。伊用筷子指着他的鼻尖说，“这死尸自作自受！造反的时候，我本来说，不要撑船了，不要上城了。他偏要死进城去，滚进城去，进城便被人剪去了辫子。从前是绢光乌黑的辫子，现在弄得僧不僧道不道的。这囚徒自作自受，带累了我们又怎么说呢？这活死尸的囚徒……”

村人看见赵七爷到村，都赶紧吃完饭，聚在七斤家饭桌的周围。七斤自己知道是出场人物，被女人当大众这样辱骂，很不雅观，便只得抬起头，慢慢地说道：

“你今天说现成话，那时你……”

“你这活死尸的囚徒……”

看客中间，八一嫂是心肠最好的人，抱着伊的两周岁的遗腹子，正在七斤嫂身边看热闹；这时过意不去，连忙解劝说，“七斤嫂，算了罢。人不是神仙，谁知道未来事呢？便是七斤嫂，那时不也说，没有辫子倒也没有什么丑么？况且衙门里的大老爷也还没有告示，……”

七斤嫂没有听完，两个耳朵早通红了；便将筷子转过向来，指着八一嫂的鼻子，说，“阿呀，这是什么话呵！八一嫂，我自己看来倒还是一个人，会说出这样昏诞胡涂话么？那时我是，整整哭了三天，谁都看见；连六斤这小鬼也都哭，……”六斤刚吃完一大碗饭，拿了空碗，伸手去嚷着要添。七斤嫂正没好气，便用筷子在伊的双丫角中间，直扎下去，大喝道，“谁要你来多嘴！你这偷汉的小寡妇！”

扑的一声，六斤手里的空碗落在地上了，恰巧又碰着一块砖角，立刻破成一个很大的缺口。七斤直跳起来，检起破碗，合上了检查一回，也喝道，“入娘的！”一巴掌打倒了六斤。六斤躺着哭，九斤老太拉了伊的手，连说着“一代不如一代”，一同走了。

八一嫂也发怒，大声说，“七斤嫂，你‘恨棒打人’……”

赵七爷本来是笑着旁观的；但自从八一嫂说了“衙门里的大老爷没有告示”这话以后，却有些生气了。这时他已经绕出桌旁，接着说，

桂花林

“‘恨棒打人’，算什么呢。大兵是就要到的。你可知道，这回保驾的是张大帅[①]，张大帅就是燕人张翼德的后代，他一支丈八蛇矛，就有万夫不当之勇，谁能抵挡他，”他两手同时捏起空拳，仿佛握着无形的蛇矛模样，向八一嫂抢进几步道，“你能抵挡他么！”

八一嫂正气得抱着孩子发抖，忽然见赵七爷满脸油汗，瞪着眼，准对伊冲过来，便十分害怕，不敢说完话，回身走了。赵七爷也跟着走去，众人一面怪八一嫂多事，一面让开路，几个剪过辫子重新留起

① 张大帅　指张勋（1854–1923），江西奉新人，北洋军阀之一。原为清朝军官，辛亥革命后，他和所部官兵仍留着辫子，表示忠于清王朝，被称为辫子军。一九一七年七月一日他在北京扶持清废帝溥仪复辟，七月十二日即告失败。

的便赶快躲在人丛后面，怕他看见。赵七爷也不细心察访，通过人丛，忽然转入乌桕树后，说道“你能抵挡他么！”跨上独木桥，扬长去了。

村人们呆呆站着，心里计算，都觉得自己确乎抵不住张翼德，因此也决定七斤便要没有性命。七斤既然犯了皇法，想起他往常对人谈论城中的新闻的时候，就不该含着长烟管显出那般骄傲模样，所以对于七斤的犯法，也觉得有些畅快。他们也仿佛想发些议论，却又觉得没有什么议论可发。嗡嗡的一阵乱嚷，蚊子都撞过赤膊身子，闯到乌桕树下去做市；他们也就慢慢地走散回家，关上门去睡觉。七斤嫂咕

沿河民宅

沿河民宅

哝着，也收了家伙和桌子矮凳回家，关上门睡觉了。

七斤将破碗拿回家里，坐在门槛上吸烟；但非常忧愁，忘却了吸烟，象牙嘴六尺多长湘妃竹烟管的白铜斗里的火光，渐渐发黑了。他心里但觉得事情似乎十分危急，也想想些方法，想些计画，但总是非常模糊，贯穿不得："辫子呢辫子？丈八蛇矛。一代不如一代！皇帝坐龙庭。破的碗须得上城去钉好。谁能抵挡他？书上一条一条写着。入娘的！……"

第二日清晨，七斤依旧从鲁镇撑航船进城，傍晚回到鲁镇，又拿着六尺多长的湘妃竹烟管和一个饭碗回村。他在晚饭席上，对九斤老太说，这碗是在城内钉合的，因为缺口大，所以要十六个铜钉，三文一个，一总用了四十八文小钱。

九斤老太很不高兴的说，“一代不如一代，我是活够了。三文钱一个钉；从前的钉，这样的么？从前的钉是……我活了七十九岁了，——”

此后七斤虽然是照例日日进城，但家景总有些黯淡，村人大抵回避着，不再来听他从城内得来的新闻。七斤嫂也没有好声气，还时常叫他“囚徒”。

过了十多日，七斤从城内回家，看见他的女人非常高兴，问他说，“你在城里可听到些什么？”

“没有听到些什么。”

“皇帝坐了龙庭没有呢？”

“他们没有说。”

“咸亨酒店里也没有人说么？”

“也没人说。”

“我想皇帝一定是不坐龙庭了。我今天走过赵七爷的店前，看见他又坐着念书了，辫子又盘在顶上了，也没有穿长衫。”

“…………”

“你想，不坐龙庭了罢？”

“我想，不坐了罢。”

现在的七斤，是七斤嫂和村人又都早给他相当的尊敬，相当的待遇了。到夏天，他们仍旧在自家门口的土场上吃饭；大家见了，都笑嘻嘻的招呼。九斤老太早已做过八十大寿，仍然不平而且康健。六斤的双丫角，已经变成一支大辫子了；伊虽然新近裹脚，却还能帮同七斤嫂做事，捧着十八个铜钉[①]的饭碗，在土场上一瘸一拐的往来。

一九二〇年十月。[②]

---

① 十八个铜钉　据上文应是"十六个"。作者在一九二六年十一月二十三日致李霁野的信中曾说："六斤家只有这一个钉过的碗，钉是十六或十八，我也记不清了。总之两数之一是错的，请改成一律。"

② 据《鲁迅日记》，本篇当作于一九二〇年八月五日。

应天塔，始建于晋朝末年(四二〇年)。鲁迅童年时代常在此登塔玩耍，眺望绍兴古城

《呐喊》自序①

① 本篇曾发表于一九二三年八月二十一日北京《晨报·文学旬刊》。

雕花床细部

我在年青时候也曾经做过许多梦，后来大半忘却了，但自己也并不以为可惜。所谓回忆者，虽说可以使人欢欣，有时也不免使人寂寞，使精神的丝缕还牵着已逝的寂寞的时光，又有什么意味呢，而我偏苦于不能全忘却，这不能全忘的一部分，到现在便成了《呐喊》的来由。

我有四年多，曾经常常，——几乎是每天，出入于质铺和药店里，

清朝末年绍兴古城有名的恒济当铺

周恩来祖居——百岁堂，原名锡养堂，坐落在绍兴城内保佑桥右河沿

年纪可是忘却了，总之是药店的柜台正和我一样高，质铺的是比我高一倍，我从一倍高的柜台外送上衣服或首饰去，在侮蔑里接了钱，再到一样高的柜台上给我久病的父亲去买药。回家之后，又须忙别的事了，因为开方的医生是最有名的，以此所用的药引也奇特：冬天的芦根，经霜三年的甘蔗，蟋蟀要原对的，结子的平地木①，……多不是容易办到的东西。然而我的父亲终于日重一日的亡故了。

有谁从小康人家而坠入困顿的么，我以为在这途路中，大概可以看见世人的真面目；我要到N进K学堂②去了，仿佛是想走异路，逃异地，去寻求别样的人们。我的母亲没有法，办了八元的川资，说

① 平地木　即紫金牛，常绿小灌木，根皮可入药。

② 到N进K学堂　N指南京，K学堂指江南水师学堂。作者于一八九八年至南京江南水师学堂肄业，次年改入江南陆师学堂附设的矿务铁路学堂，一九〇二年初毕业后，由清政府派赴日本留学。

是由我的自便；然而伊[①]哭了，这正是情理中的事，因为那时读书应试是正路，所谓学洋务[②]，社会上便以为是一种走投无路的人，只得将灵魂卖给鬼子，要加倍的奚落而且排斥的，而况伊又看不见自己的儿子了。然而我也顾不得这些事，终于到N去进了K学堂了，在这学堂里，我才知道世上还有所谓格致[③]，算学，地理，历史，绘图和体操。生理学并不教，但我们却看到些木版的《全体新论》和《化学卫生论》[④]之类了。我还记得先前的医生的议论和方药，和现在所知道的比较起来，便渐渐的悟得中医不过是一种有意的或无意的骗子，同时又很起了对于被骗的病人和他的家族的同情；而且从译出的历史上，又知道了日本维新[⑤]是大半发端于西方医学的事实。

因为这些幼稚的知识，后来便使我的学籍列在日本一个乡间的医

---

① 伊　女性第三人称代名词。当时还未使用“她”字。

② 学洋务　清朝末年，一部分封建官僚如李鸿章、张之洞等人，推行以“自强求富”为标榜的“洋务运动”。他们鼓吹“中学为体，西学为用”，一方面顽固地维护封建制度，宣扬封建伦理道德；另一方面又在帝国主义支持、控制下举办一些军事工业和其他工矿企业，并设立与学这方面的知识有关的学堂。这里说的“学洋务”，是指在这类学堂里学习西方资本主义国家的科学知识和军事技术。

③ 格致　格物致知的简称，《礼记·大学》有“致知在格物，物格而后知至”的话。格是推究的意思。清末曾用“格致”统称物理、化学等学科。

④ 《全体新论》　关于生理学的书，英国合信著，清末译成中文，一八五一年出版，广东金利埠惠爱医局石印。《化学卫生论》，关于营养学的书，英国真司腾著，清末译成中文，一八七九年出版，上海广学会刻本。

⑤ 日本维新　指发生于日本明治年间（一八六八年至一九一二年）的维新运动。在此以前，日本一部分学者，曾大量输入和讲授西方医学，宣传西方科学技术，积极主张革新，对日本维新运动的兴起，曾起过一定的影响。

蔡元培故居，坐落在绍兴城内笔飞弄十三号

秋瑾故居——和畅堂庭院，坐落在绍兴城内和畅堂路十八号内

学专门学校[1]里了。我的梦很美满，预备卒业回来，救治像我父亲似的被误的病人的疾苦，战争时候便去当军医，一面又促进了国人对于维新的信仰。我已不知道教授微生物学的方法，现在又有了怎样的进步了，总之那时是用了电影，来显示微生物的形状的，因此有时讲义的一段落已完，而时间还没有到，教师便映些风景或时事的画片给学

① 医学专门学校　指日本仙台医学专门学校。作者于一九〇四年至一九〇六年曾在这里学习医学。

生看，以用去这多余的光阴。其时正当日俄战争[①]的时候，关于战事的画片自然也就比较的多了，我在这一个讲堂中，便须常常随喜我那同学们的拍手和喝采。有一回，我竟在画片上忽然会见我久违的许多中国人了，一个绑在中间，许多站在左右，一样是强壮的体格，而显出麻木的神情。据解说，则绑着的是替俄国做了军事上的侦探，正要被日军砍下头颅来示众，而围着的便是来赏鉴这示众的盛举的人们。

这一学年没有完毕，我已经到了东京了，因为从那一回以后，我便觉得医学并非一件紧要事，凡是愚弱的国民，即使体格如何健全，如何茁壮，也只能做毫无意义的示众的材料和看客，病死多少是不必以为不幸的。所以我们的第一要着，是在改变他们的精神，而善于改变精神的是，我那时以为当然要推文艺，于是想提倡文艺运动了。在东京的留学生很有学法政理化以至警察工业的，但没有人治文学和美术；可是在冷淡的空气中，也幸而寻到几个同志了[②]，此外又邀集了必须的几个人，商量之后，第一步当然是出杂志，名目是取"新的生命"的意思，因为我们那时大抵带些复古的倾向，所以只谓之《新生》。

《新生》的出版之期接近了，但最先就隐去了若干担当文字的人，接着又逃走了资本，结果只剩下不名一钱的三个人。创始时候既已背时，失败时候当然无可告语，而其后却连这三个人也都为各自的运命所驱策，不能在一处纵谈将来的好梦了，这就是我们的并未产生的

---

① **日俄战争** 指一九〇四年二月至一九〇五年九月，日本帝国主义同沙皇俄国之间为争夺在我国东北地区和朝鲜的侵略权益而进行的一次帝国主义战争。

② 指许寿裳、袁文薮、周作人等。袁文薮随后转往英国留学，只剩鲁迅、许寿裳、周作人三人。

《新生》的结局。

我感到未尝经验的无聊，是自此以后的事。我当初是不知其所以然的；后来想，凡有一人的主张，得了赞和，是促其前进的，得了反对，是促其奋斗的，独有叫喊于生人中，而生人并无反应，既非赞同，也无反对，如置身毫无边际的荒原，无可措手的了，这是怎样的悲哀呵，我于是以我所感到者为寂寞。

这寂寞又一天一天的长大起来，如大毒蛇，缠住了我的灵魂了。

然而我虽然自有无端的悲哀，却也并不愤懑，因为这经验使我反省，看见自己了：就是我决不是一个振臂一呼应者云集的英雄。

只是我自己的寂寞是不可不驱除的，因为这于我太痛苦。我于是用了种种法，来麻醉自己的灵魂，使我沉入于国民中，使我回到古代

秋瑾卧室兼书房

徐锡麟故居——坐落在绍兴城外东浦镇北孙家溇底

去，后来也亲历或旁观过几样更寂寞更悲哀的事，都为我所不愿追怀，甘心使他们和我的脑一同消灭在泥土里的，但我的麻醉法却也似乎已经奏了功，再没有青年时候的慷慨激昂的意思了。

S会馆[①]里有三间屋，相传是往昔曾在院子里的槐树上缢死过一个女人的，现在槐树已经高不可攀了，而这屋还没有人住；许多年，我便寓在这屋里钞古碑[②]。客中少有人来，古碑中也遇不到什么问题和主义，而我的生命却居然暗暗的消去了，这也就是我惟一的愿望。夏夜，蚊子多了，便摇着蒲扇坐在槐树下，从密叶缝里看那一点一点

---

① S会馆　指设在北京宣武门外南半截胡同的绍兴会馆。原为山阴、会稽两县的会馆，称山会邑馆；一九一二年山阴、会稽合并为绍兴县，改称绍兴会馆。作者于一九一二年五月至一九一九年十一月曾在这里居住。

② 钞古碑　作者寓居绍兴会馆时，在教育部任职，常于公余搜集、研究中国古代的造像和墓志等金石拓本，后来辑有《六朝造像目录》和《六朝墓名目录》两种（后者未完成）。

徐家大水缸

的青天，晚出的槐蚕又每每冰冷的落在头颈上。

那时偶或来谈的是一个老朋友金心异[1]，将手提的大皮夹放在破桌上，脱下长衫，对面坐下了，因为怕狗，似乎心房还在怦怦的跳动。

“你钞了这些有什么用？”有一夜，他翻着我那古碑的钞本，发了研究的质问了。

“没有什么用。”

“那么，你钞他是什么意思呢？”

“没有什么意思。”

“我想，你可以做点文章……”

我懂得他的意思了，他们正办《新青年》[2]，然而那时仿佛不特没有人来赞同，并且也还没有人来反对，我想，他们许是感到寂寞了，但是说：

---

① 金心异　指钱玄同。一九〇八年他在日本东京和作者同听章太炎讲文字学。“五四”时期参加新文化运动，曾是《新青年》编者之一。一九一九年三月，复古派文人林纾在上海《新申报》上发表题名《荆生》的小说，攻击新文化运动。小说中有一个人物名“金心异”，即影射钱玄同。

② 《新青年》“五四”时期倡导新文化运动、传播马克思主义的重要刊物。

始建于梁武帝天监三年（五〇四年）的大善塔。一九一二年一月鲁迅支持进步青年在塔下右院创办《越铎日报》。

“假如一间铁屋子，是绝无窗户而万难破毁的，里面有许多熟睡的人们，不久都要闷死了，然而是从昏睡入死灭，并不感到就死的悲哀。现在你大嚷起来，惊起了较为清醒的几个人，使这不幸的少数者来受无可挽救的临终的苦楚，你倒以为对得起他们么？”

“然而几个人既然起来，你不能说决没有毁坏这铁屋的希望。”

是的，我虽然自有我的确信，然而说到希望，却是不能抹杀的，因为希望是在于将来，决不能以我之必无的证明，来折服了他之所谓可有，于是我终于答应他也做文章了，这便是最初的一篇《狂人日记》。从此以后，便一发而不可收，每写些小说模样的文章，以敷衍朋友们的嘱托，积久就有了十余篇。

在我自己，本以为现在是已经并非一个切迫而不能已于言的人了，但或者也还未能忘怀于当日自己的寂寞的悲哀罢，所以有时候仍不免呐喊几声，聊以慰藉那在寂寞里奔驰的猛士，使他不惮于前驱。至于我的喊声是勇猛或是悲哀，是可憎或是可笑，那倒是不暇顾及的；但既然是呐喊，则当然须听将令*的了，所以我往往不恤用了曲笔，在《药》的瑜儿的坟上平空添上一个花环，在《明天》里也不叙单四嫂子竟没有做到看见儿子的梦，因为那时的主将*是不主张消极的。至于自己，却也并不愿将自以为苦的寂寞，再来传染给也如我那年青时候似的正做着好梦的青年。

---

* “将令”和“主将”均指陈独秀，他是中国近现代史上首先高举文学革命旗帜的重要人物，被鲁迅奉为文学革命的“主将”。他的文学革命理论与实践成为中国“五四”思想解放运动和新文化运动的先导。——本书编选者注

这样说来，我的小说和艺术的距离之远，也就可想而知了，然而到今日还能蒙着小说的名，甚而至于且有成集的机会，无论如何总不能不说是一件侥幸的事，但侥幸虽使我不安于心，而悬揣人间暂时还有读者，则究竟也仍然是高兴的。

所以我竟将我的短篇小说结集起来，而且付印了，又因为上面所说的缘由，便称之为《呐喊》。

一九二二年十二月三日，鲁迅记于北京。

每逢社戏，台上或树上都挂起红灯笼

药[1]

① 本篇最初发表于一九一九年五月《新青年》第六卷第五号。

按篇中人物夏瑜隐喻清末女革命党人秋瑾。秋瑾在徐锡麟被害后不久，也于一九〇七年七月十五日遭清政府杀害，就义的地点在绍兴城内的轩亭口，街旁有一牌楼，匾上题有“古轩亭口”四字。

一

秋天的后半夜，月亮下去了，太阳还没有出，只剩下一片乌蓝的天；除了夜游的东西，什么都睡着。华老栓忽然坐起身，擦着火柴，点上遍身油腻的灯盏，茶馆的两间屋子里，便弥满了青白的光。

“小栓的爹，你就去么？”是一个老女人的声音。里边的小屋子里，也发出一阵咳嗽。

“唔。”老栓一面听，一面应，一面扣上衣服；伸手过去说，“你

东浦水乡，是辛亥革命著名活动家徐锡麟的故乡

鲁迅外婆家附近的石桥——通宁桥

给我罢。”

华大妈在枕头底下掏了半天，掏出一包洋钱[①]，交给老栓，老栓接了，抖抖的装入衣袋，又在外面按了两下；便点上灯笼，吹熄灯盏，走向里屋子去了。那屋子里面，正在窸窸窣窣的响，接着便是一通咳嗽。老栓候他平静下去，才低低的叫道，“小栓……你不要起来。……店么？你娘会安排的。”

老栓听得儿子不再说话，料他安心睡了；便出了门，走到街上。街上黑沉沉的一无所有，只有一条灰白的路，看得分明。灯光照着他的两脚，一前一后的走。有时也遇到几只狗，可是一只也没有叫。天气比屋子里冷得多了；老栓倒觉爽快，仿佛一旦变了少年，得了神通，有给人生命的本领似的，跨步格外高远。而且路也愈走愈分明，天也愈走愈亮了。

老栓正在专心走路，忽然吃了一惊，远远里看见一条丁字街，明明白白横着。他便退了几步，寻到一家关着门的铺子，蹩进檐下，靠门立住了。好一会，身上觉得有些发冷。

“哼，老头子。”

---

① 洋钱　指银元。银元最初是从外国流入我国的，所以俗称洋钱；我国自清代后期开始自铸银元，但民间仍沿用这个旧称。

“倒高兴……。”

老栓又吃一惊，睁眼看时，几个人从他面前过去了。一个还回头看他，样子不甚分明，但很像久饿的人见了食物一般，眼里闪出一种攫取的光。老栓看看灯笼，已经熄了。按一按衣袋，硬硬的还在。仰起头两面一望，只见许多古怪的人，三三两两，鬼似的在那里徘徊；定睛再看，却也看不出什么别的奇怪。

没有多久，又见几个兵，在那边走动；衣服前后的一个大白圆

古老的安昌镇，有千年的文化底蕴，是绍兴地区颇具特色的风景线

香林民居，承袭了数百年的传统气息

圈，远地里也看得清楚，走过面前的，并且看出号衣[①]上暗红色的镶边。——一阵脚步声响，一眨眼，已经拥过了一大簇人。那三三两两的人，也忽然合作一堆，潮一般向前赶；将到丁字街口，便突然立住，簇成一个半圆。

老栓也向那边看，却只见一堆人的后背；颈项都伸得很长，仿佛许多鸭，被无形的手捏住了的，向上提着。静了一会，似乎有点声音，便又动摇起来，轰的一声，都向后退；一直散到老栓立着的地方，几乎将他挤倒了。

“喂！一手交钱，一手交货！”一个浑身黑色的人，站在老栓面前，眼光正像两把刀，刺得老栓缩小了一半。那人一只大手，向他摊着；一只手却撮着一个鲜红的馒头[②]，那红的还是一点一点的往下滴。

老栓慌忙摸出洋钱，抖抖的想交给他，却又不敢去接他的东西。那人便焦急起来，嚷道，“怕什么？怎的不拿！”老栓还踌躇着；黑的人便抢过灯笼，一把扯下纸罩，裹了馒头，塞与老栓；一手抓过洋钱，捏一捏，转身去了。嘴里哼着说，“这老东西……。”

“这给谁治病的呀？”老栓也似乎听得有人问他，但他并不答应；他的精神，现在只在一个包上，仿佛抱着一个十世单传的婴儿，别的事情，都已置之度外了。他现在要将这包里的新的生命，移植到他家里，收获许多幸福。太阳也出来了；在他面前，显出一条大道，直到他家中，后面也照见丁字街头破匾上“古□亭口”这四个黯淡的金字。

---

① 号衣　指清朝士兵的军衣，前后胸都缀有一块圆形白布，上有“兵”或“勇”字样。

② 鲜红的馒头　即蘸有人血的馒头。旧时迷信，以为人血可以医治肺痨，刽子手便借此骗取钱财。

二

老栓走到家，店面早经收拾干净，一排一排的茶桌，滑溜溜的发光。但是没有客人；只有小栓坐在里排的桌前吃饭，大粒的汗，从额上滚下，夹袄也帖住了脊心，两块肩胛骨高高凸出，印成一个阳文的“八”字。老栓见这样子，不免皱一皱展开的眉心。他的女人，从灶下急急走出，睁着眼睛，嘴唇有些发抖。

“得了么？”

依山傍水的香林民居

偏门廊桥

“得了。”

两个人一齐走进灶下，商量了一会；华大妈便出去了，不多时，拿着一片老荷叶回来，摊在桌上。老栓也打开灯笼罩，用荷叶重新包了那红的馒头。小栓也吃完饭，他的母亲慌忙说：

“小栓——你坐着，不要到这里来。”

一面整顿了灶火，老栓便把一个碧绿的包，一个红红白白的破灯笼，一同塞在灶里；一阵红黑的火焰过去时，店屋里散满了一种奇怪的香味。

“好香！你们吃什么点心呀？”这是驼背五少爷到了。这人每天总在茶馆里过日，来得最早，去得最迟，此时恰恰蹩到临街的壁角的桌边，便坐下问话，然而没有人答应他。“炒米粥么？”仍然没有人应。老栓匆匆走出，给他泡上茶。

“小栓进来罢！”华大妈叫小栓进了里面的屋子，中间放好一条凳，小栓坐了。他的母亲端过一碟乌黑的圆东西，轻轻说：

“吃下去罢，——病便好了。”

小栓撮起这黑东西，看了一会，似乎拿着自己的性命一般，心里说不出的奇怪。十分小心的拗开了，焦皮里面窜出一道白气，白气散了，是两半个白面的馒头。——不多工夫，已经全在肚里了，却全忘了什么味；面前只剩下一张空盘。他的旁边，一面立着他的父亲，一面立着他的母亲，两人的眼光，都仿佛要在他身里注进什么又要取出什么似的；便禁不住心跳起来，按着胸膛，又是一阵咳嗽。

“睡一会罢，——便好了。”

小栓依他母亲的话，咳着睡了。华大妈候他喘气平静，才轻轻的

经历七个世纪风雨的八字桥，是绍兴众多古桥的象征。桥始建于南宋嘉泰年间（一二〇一至一二〇四年）。由于当年桥筑于三条路和三条河交错位置，两桥相对而斜，活像“八”字，故得名

给他盖上了满幅补钉的夹被。

三

店里坐着许多人，老栓也忙了，提着大铜壶，一趟一趟的给客人冲茶；两个眼眶，都围着一圈黑线。

“老栓，你有些不舒服么？——你生病么？”一个花白胡子的人说。

“没有。”

“没有？——我想笑嘻嘻的，原也不像……”花白胡子便取消了自己的话。

“老栓只是忙。要是他的儿子……”驼背五少爷话还未完，突然

绍兴的石桥数量众多，千姿百态。桥名的由来大都与古城的历史人物和民间故事相系。坐落在蕺山南面的题扇桥，相传由晋代“书圣”王羲之于石桥旁为一生活困苦的卖扇老妇题字而得名

拱桥

闯进了一个满脸横肉的人，披一件玄色布衫，散着纽扣，用很宽的玄色腰带，胡乱捆在腰间。刚进门，便对老栓嚷道：

“吃了么？好了么？老栓，就是运气了你！你运气，要不是我信息灵……。”

老栓一手提了茶壶，一手恭恭敬敬的垂着；笑嘻嘻的听。满座的人，也都恭恭敬敬的听。华大妈也黑着眼眶，笑嘻嘻的送出茶碗茶叶来，加上一个橄榄，老栓便去冲了水。

“这是包好！这是与众不同的。你想，趁热的拿来，趁热吃下。”横肉的人只是嚷。

“真的呢，要没有康大叔照顾，怎么会这样……”华大妈也很感激的谢他。

“包好，包好！这样的趁热吃下。这样的人血馒头，什么痨病都

亭桥

包好！”

华大妈听到“痨病”这两个字，变了一点脸色，似乎有些不高兴；但又立刻堆上笑，搭赸着走开了。这康大叔却没有觉察，仍然提高了喉咙只是嚷，嚷得里面睡着的小栓也合伙咳嗽起来。

“原来你家小栓碰到了这样的好运气了。这病自然一定全好；怪不得老栓整天的笑着呢。”花白胡子一面说，一面走到康大叔面前，低声下气的问道，“康大叔——听说今天结果的一个犯人，便是夏家的孩子，那是谁的孩子？究竟是什么事？”

“谁的？不就是夏四奶奶的儿子么？那个小家伙！”康大叔见众人都耸起耳朵听他，便格外高兴，横肉块块饱绽，越发大声说，“这小东西不要命，不要就是了。我可是这一回一点没有得到好处；连剥下来的衣服，都给管牢的红眼睛阿义拿去了。——第一要算我们栓叔运气；第二是夏三爷赏了二十五两雪白的银子，独自落腰包，一文不花。”

小栓慢慢的从小屋子走出，两手按了胸口，不住的咳嗽；走到灶下，盛出一碗冷饭，泡上热水，坐下便吃。华大妈跟着他走，轻轻的问道，“小栓，你好些么？——你仍旧只是肚饿？……”

“包好，包好！”康大叔瞥了小栓一眼，仍然回过脸，对众人说，“夏三爷真是乖角儿，要是他不先告官，连他满门抄斩。现在怎样？银子！——这小东西也真不成东西！关在牢里，还要劝牢头造反。”

“阿呀，那还了得。”坐在后排的一个二十多岁的人，很现出气愤模样。

“你要晓得红眼睛阿义是去盘盘底细的，他却和他攀谈了。他说：这大清的天下是我们大家的。你想：这是人话么？红眼睛原知道他家里只有一个老娘，可是没有料到他竟会那么穷，榨不出一点油水，已经气破肚皮了。他还要老虎头上搔痒，便给他两个嘴巴！”

“义哥是一手好拳棒，这两下，一定够他受用了。”壁角的驼背忽然高兴起来。

“他这贱骨头打不怕，还要说可怜可怜哩。”

花白胡子的人说，“打了这种东西，有什么可怜呢？”

康大叔显出看他不上的样子，冷笑着说，“你没有听清我的话；看他神气，是说阿义可怜哩！”

听着的人的眼光，忽然有些板滞；话也停顿了。小栓已经吃完饭，吃得满身流汗，头上都冒出蒸气来。

“阿义可怜——疯话，简直是发了疯了。”花白胡子恍然大悟似的说。

“发了疯了。”二十多岁的人也恍然大悟的说。

店里的坐客，便又现出活气，谈笑起来。小栓也趁着热闹，拼命咳嗽；康大叔走上前，拍他肩膀说：

“包好！小栓——你不要这么咳。包好！”

“疯了。”驼背五少爷点着头说。

四

西关外靠着城根的地面，本是一块官地；中间歪歪斜斜一条细路，是贪走便道的人，用鞋底造成的，但却成了自然的界限。路的左边，都埋着死刑和瘐毙的人，右边是穷人的丛冢。两面都已埋到层层叠叠，宛然阔人家里祝寿时候的馒头。

这一年的清明，分外寒冷；杨柳才吐出半粒米大的新芽。天明未久，华大妈已在右边的一坐新坟前面，排出四碟菜，一碗饭，哭了一

青石条铺建成的周家桥，已有二百多年历史了

场。化过纸[①]，呆呆的坐在地上；仿佛等候什么似的，但自己也说不出等候什么。微风起来，吹动他短发，确乎比去年白得多了。

小路上又来了一个女人，也是半白头发，褴褛的衣裙；提一个破旧的朱漆圆篮，外挂一串纸锭，三步一歇的走。忽然见华大妈坐在地上看他，便有些踌躇，惨白的脸上，现出些羞愧的颜色；但终于硬着头皮，走到左边的一坐坟前，放下了篮子。

那坟与小栓的坟，一字儿排着，中间只隔一条小路。华大妈看他排好四碟菜，一碗饭，立着哭了一通，化过纸锭；心里暗暗地想，“这坟里的也是儿子了。”那老女人徘徊观望了一回，忽然手脚有些发抖，跄跄踉踉退下几步，瞪着眼只是发怔。

华大妈见这样子，生怕他伤心到快要发狂了；便忍不住立起身，跨过小路，低声对他说，“你这位老奶奶不要伤心了，——我们还是回去罢。”

那人点一点头，眼睛仍然向上瞪着；也低声吃吃的说道，“你看，——看这是什么呢？”

华大妈跟了他指头看去，眼光便到了前面的坟，这坟上草根还没有全合，露出一块一块的黄土，煞是难看。再往上仔细看时，却不觉也吃一惊；——分明有一圈红白的花，围着那尖圆的坟顶。

他们的眼睛都已老花多年了，但望这红白的花，却还能明白看见。花也不很多，圆圆的排成一个圈，不很精神，倒也整齐。华大妈

---

① 化过纸　纸指纸钱，一种迷信用品，旧俗认为把它火化后可供死者在“阴间”使用。下文说的纸锭，是用纸或锡箔折成的元宝。

周家桥将老街深巷牢牢地连结在一起

忙看他儿子和别人的坟，却只有不怕冷的几点青白小花，零星开着；便觉得心里忽然感到一种不足和空虚，不愿意根究。那老女人又走近几步，细看了一遍，自言自语的说，“这没有根，不像自己开的。——这地方有谁来呢？孩子不会来玩；——亲戚本家早不来了。——这是怎么一回事呢？”他想了又想，忽又流下泪来，大声说道：

“瑜儿，他们都冤枉了你，你还是忘不了，伤心不过，今天特意显点灵，要我知道么？”他四面一看，只见一只乌鸦，站在一株没有叶的树上，便接着说，“我知道了。——瑜儿，可怜他们坑了你，他们将来总有报应，天都知道；你闭了眼睛就是了。——你如果真在这里，听到我的话，——便教这乌鸦飞上你的坟顶，给我看罢。”

微风早经停息了；枯草支支直立，有如铜丝。一丝发抖的声音，在空气中愈颤愈细，细到没有，周围便都是死一般静。两人站在枯草丛里，仰面看那乌鸦；那乌鸦也在笔直的树枝间，缩着头，铁铸一般站着。

许多的工夫过去了；上坟的人渐渐增多，几个老的小的，在土坟间出没。

华大妈不知怎的，似乎卸下了一挑重担，便想到要走；一面劝着说，“我们还是回去罢。”

那老女人叹一口气，无精打采的收起饭菜；又迟疑了一刻，终于慢慢地走了。嘴里自言自语的说，“这是怎么一回事呢？……”

他们走不上二三十步远，忽听得背后“哑——”的一声大叫；两个人都竦然的回过头，只见那乌鸦张开两翅，一挫身，直向着远处的天空，箭也似的飞去了。

一九一九年四月。

乌毡帽、纸扇、字画——小店一角

孔乙己[1]

① 本篇最初发表于一九一九年四月《新青年》第六卷第四号。

本文发表时篇末有作者的《附记》如下："这一篇很拙的小说，还是去年冬天做成的。那时的意思，单在描写社会上的或一种生活，请读者看看，并没有别的深意。但用活字排印了发表，却已在这时候，——便是忽然有人用了小说盛行人身攻击的时候。大抵著者走入暗路，每每能引读者的思想跟他堕落：以为小说是一种泼秽水的器具，里面糟蹋的是谁。这实在是一件极可叹可怜的事。所以我在此声明，免得发生猜度，害了读者的人格。一九一九年三月二十六日记。"

孔乙己塑像

鲁镇的酒店的格局，是和别处不同的：都是当街一个曲尺形的大柜台，柜里面预备着热水，可以随时温酒。做工的人，傍午傍晚散了工，每每花四文铜钱，买一碗酒，——这是二十多年前的事，现在每碗要涨到十文，——靠柜外站着，热热的喝了休息；倘肯多花一文，便可以买一碟盐煮笋，或者茴香豆，做下酒物了，如果出到十几文，那就能买一样荤菜，但这些顾客，多是短衣帮，大抵没有这样阔绰。只有穿长衫的，才踱进店面隔壁的房子里，要酒要菜，慢慢地坐喝。

我从十二岁起，便在镇口的咸亨酒店里当伙计，掌柜说，样子太傻，怕侍候不了长衫主顾，就在外面做点事罢。外面的短衣主顾，虽然容易说话，但唠唠叨叨缠夹不清的也很不少。他们往往要亲眼看着黄酒从坛子里舀出，看过壶子底里有水没有，又亲看将壶子放在热水里，然后放心：在这严重监督之下，羼水也很为难。所以过了几天，掌柜又说我干不了这事。幸亏荐头的情面大，辞退不得，便改为专管温酒的一种无聊职务了。

我从此便整天的站在柜台里，专管我的职务。虽然没有什么失职，但总觉有些单调，有些无聊。掌柜是一副凶脸孔，主顾也没有好声气，

咸亨酒店。由鲁迅的堂叔父周仲翔于一八九四年创建，距今已有一百多年历史

游客在咸亨酒店品尝绍兴酒，遥想孔乙己和那个时代

教人活泼不得；只有孔乙己到店，才可以笑几声，所以至今还记得。

孔乙己是站着喝酒而穿长衫的唯一的人。他身材很高大；青白脸色，皱纹间时常夹些伤痕；一部乱蓬蓬的花白的胡子。穿的虽然是长衫，可是又脏又破，似乎十多年没有补，也没有洗。他对人说话，总是满口之乎者也，教人半懂不懂的。因为他姓孔，别人便从描红纸[①]上的“上大人孔乙己”这半懂不懂的话里，替他取下一个绰号，叫作孔乙己。孔乙己一到店，所有喝酒的人便都看着他笑，有的叫道，“孔乙己，你脸上又添上新伤疤了！”他不回答，对柜里说，“温两碗酒，要一碟茴香豆。”便排出九文大钱。他们又故意的高声嚷道，“你一定又偷了人家的东西了！”孔乙己睁大眼睛说，“你怎么这样凭空污人清白……”“什么清白？我前天亲眼见你偷了何家的书，吊着打。”孔乙己便涨红了脸，额上的青筋条条绽出，争辩道，“窃书不能算偷……窃书！……读书人的事，能算偷么？”接连便是难懂的话，什么“君子固穷”[②]，什么“者乎”之类，引得众人都哄笑起来：店内外充满了快活的空气。

---

① 描红纸　一种印有红色楷字，供儿童摹写毛笔字用的字帖。旧时最通行的一种，印有“上大人孔（明代以前作丘）乙己化三千七十士尔小生八九子佳作仁可知礼也”这样一些笔划简单、三字一句和似通非通的文字。它的起源颇早，据明代叶盛的《水东日记》卷十所载：“上大人丘乙己……数语，凡乡学小童临仿字书，皆昉于此，谓之描朱。”大概在明代已经通行。又《敦煌掇琐》（刘复据敦煌写本编录）中集已有“上大人丘乙己……”一则，可见唐代以前已有这几句话。

② “君子固穷”　语见《论语·卫灵公》。“固穷”即“固守其穷”，不以穷困而改变操守的意思。

听人家背地里谈论，孔乙己原来也读过书，但终于没有进学[①]，又不会营生；于是愈过愈穷，弄到将要讨饭了。幸而写得一笔好字，便替人家钞钞书，换一碗饭吃。可惜他又有一样坏脾气，便是好喝懒做。坐不到几天，便连人和书籍纸张笔砚，一齐失踪。如是几次，叫他钞书的人也没有了。孔乙己没有法，便免不了偶然做些偷窃的事。但他在我们店里，品行却比别人都好，就是从不拖欠；虽然间或没有现钱，暂时记在粉板上，但不出一月，定然还清，从粉板上拭去了孔乙己的名字。

孔乙己喝过半碗酒，涨红的脸色渐渐复了原，旁人便又问道，“孔乙己，你当真认识字么？”孔乙己看着问他的人，显出不屑置辩的神气。他们便接着说道，“你怎的连半个秀才也捞不到呢？”孔乙己立刻显出颓唐不安模样，脸上笼上了一层灰色，嘴里说些话；这回可是全是之乎者也之类，一些不懂了。在这时候，众人也都哄笑起来：店内外充满了快活的空气。

在这些时候，我可以附和着笑，掌柜是决不责备的。而且掌柜见了孔乙己，也每每这样问他，引人发笑。孔乙己自己知道不能和他们谈天，便只好向孩子说话。有一回对我说道，“你读过书么？”我略略点一点头。他说，“读过书，……我便考你一考。茴香豆的茴字，怎样写的？”我想，讨饭一样的人，也配考我么？便回过脸去，不再理会。孔乙己等了许久，很恳切的说道，“不能写罢？……我教给

---

① 进学　明清科举制度，童生经过县考初试，府考复试，再参加由学政主持的院考（道考），考取的列名府、县学籍，叫进学，也就成了秀才。又规定每三年举行一次乡试（省一级考试），由秀才或监生应考，取中的就是举人。

老街茶馆

你，记着！这些字应该记着。将来做掌柜的时候，写账要用。”我暗想我和掌柜的等级还很远呢，而且我们掌柜也从不将茴香豆上账；又好笑，又不耐烦，懒懒的答他道，“谁要你教，不是草头底下一个来回的回字么？”孔乙己显出极高兴的样子，将两个指头的长指甲敲着柜台，点头说，“对呀对呀！……回字有四样写法①，你知道么？”我愈不耐烦了，努着嘴走远。孔乙己刚用指甲蘸了酒，想在柜上写字，见我毫不热心，便又叹一口气，显出极惋惜的样子。

有几回，邻舍孩子听得笑声，也赶热闹，围住了孔乙己。他便

---

① **回字有四样写法** “回”字通常只有三种写法：“回”“囘”“囬”。第四种写作“𡆨”（见《康熙字典·备考》），极少见。

制面小作坊

给他们茴香豆吃，一人一颗。孩子吃完豆，仍然不散，眼睛都望着碟子。孔乙已着了慌，伸开五指将碟子罩住，弯腰下去说道，“不多了，我已经不多了。”直起身又看一看豆，自己摇头说，“不多不多！多乎哉？不多也。”[1]于是这一群孩子都在笑声里走散了。

孔乙已是这样的使人快活，可是没有他，别人也便这么过。

有一天，大约是中秋前的两三天，掌柜正在慢慢的结账，取下粉板，忽然说，“孔乙已长久没有来了。还欠十九个钱呢！”我才也

---

① “多乎哉？不多也” 语见《论语·子罕》：“大宰问于子贡曰：‘夫子圣者与？何其多能也！’子贡曰：‘固天纵之将圣，又多能也。’子闻之，曰：‘大宰知我乎？吾少也贱，故多能鄙事。’君子多乎哉？不多也。”这里与原意无关。

水果地摊

摆卖水果

蔬菜地摊

觉得他的确长久没有来了。一个喝酒的人说道，“他怎么会来？……他打折了腿了。”掌柜说，“哦！”“他总仍旧是偷。这一回，是自己发昏，竟偷到丁举人家里去了。他家的东西，偷得的么？”“后来怎么样？”“怎么样？先写服辩[1]，后来是打，打了大半夜，再打折了腿。”“后来呢？”“后来打折了腿了。”“打折了怎样呢？”“怎样？……谁晓得？许是死了。”掌柜也不再问，仍然慢慢的算他的账。

中秋过后，秋风是一天凉比一天，看看将近初冬；我整天的靠着火，也须穿上棉袄了。一天的下半天，没有一个顾客，我正合了眼坐着。忽然间听得一个声音，“温一碗酒。”这声音虽然极低，却很耳熟。看时又全没有人。站起来向外一望，那孔乙己便在柜台下对了

① 服辩　又作伏辩，即认罪书。

门槛坐着。他脸上黑而且瘦，已经不成样子；穿一件破夹袄，盘着两腿，下面垫一个蒲包，用草绳在肩上挂住；见了我，又说道，“温一碗酒。”掌柜也伸出头去，一面说，“孔乙己么？你还欠十九个钱呢！”孔乙己很颓唐的仰面答道，“这……下回还清罢。这一回是现钱，酒要好。”掌柜仍然同平常一样，笑着对他说，“孔乙己，你又偷了东西了！”但他这回却不十分分辩，单说了一句“不要取笑！”“取笑？要是不偷，怎么会打断腿？”孔乙己低声说道，“跌断，跌，跌……”他的眼色，很像恳求掌柜，不要再提。此时已经聚集了几个人，便和掌柜都笑了。我温了酒，端出去，放在门槛上。他从破衣袋里摸出四文大钱，放在我手里，见他满手是泥，原来他便用这手走来的。不一会，他喝完酒，便又在旁人的说笑声中，坐着用这手慢慢走去了。

自此以后，又长久没有看见孔乙己。到了年关，掌柜取下粉板说，“孔乙己还欠十九个钱呢！”到第二年的端午，又说“孔乙己还欠十九个钱呢！”到中秋可是没有说，再到年关也没有看见他。

我到现在终于没有见——大约孔乙己的确死了。

一九一九年三月。[①]

---

① 据本篇发表时的作者《附记》，本文当作于一九一八年冬天。按本书各篇最初发表时都未署写作日期，现在篇末的日期为作者在编集时所补记。

青藤书屋天井，内有三米见方天池和徐渭爱慕之青藤

阿Q正传[①]

① 本篇最初分章发表于北京《晨报副刊》，自一九二一年十二月四日起至一九二二年二月十二日止，每周或隔周刊登一次，署名巴人。

第一章　序

我要给阿Q做正传，已经不止一两年了。但一面要做，一面又往回想，这足见我不是一个“立言”[①]的人，因为从来不朽之笔，须传不朽之人，于是人以文传，文以人传——究竟谁靠谁传，渐渐的不甚了然起来，而终于归结到传阿Q，仿佛思想里有鬼似的。

然而要做这一篇速朽的文章，才下笔，便感到万分的困难了。第一是文章的名目。孔子曰，“名不正则言不顺”[②]。这原是应该极注意的。传的名目很繁多：列传，自传，内传[③]，外传，别传，家传，小传……，而可惜都不合。“列传”么，这一篇并非和许多阔人排在“正史”[④]里；“自传”么，我又并非就是阿Q。说是“外传”，“内传”在那里呢？倘用“内传”，阿Q又决不是神仙。“别传”呢，阿Q实在

---

① “立言”　我国古代所谓“三不朽”之一。《左传》襄公二十四年载鲁国大夫叔孙豹的话：“太上有立德，其次有立功，其次有立言，虽久不废，此之谓不朽。”

② “名不正则言不顺”　语见《论语·子路》。

③ 内传　小说体传记的一种。作者在一九三一年三月三日给《阿Q正传》日译者山上正义的校释中说：“昔日道士写仙人的事多以‘内传’题名。”

④ “正史”　封建时代由官方撰修或认可的史书。清代乾隆时规定自《史记》至《明史》历代二十四部纪传体史书为“正史”。“正史”中的“列传”部分，一般都是著名人物的传记。

水乡扁舟

未曾有大总统上谕宣付国史馆立“本传”①——虽说英国正史上并无“博徒列传”，而文豪迭更司②也做过《博徒别传》这一部书，但文豪则可，在我辈却不可的。其次是“家传”，则我既不知与阿Q是否同宗，也未曾受他子孙的拜托；或“小传”，则阿Q又更无别的“大传”了。总而言之，这一篇也便是“本传”，但从我的文章着想，因为文

① 宣付国史馆立“本传” 旧时效忠于统治阶级的重要人物或所谓名人，死后由政府明令褒扬，令文末常有“宣付国史馆立传”的话。历代编纂史书的机构，名称不一，清代叫国史馆。辛亥革命后，北洋军阀及国民党政府都曾沿用这一名称。

② 迭更司（C. Dickens，一八一二年至一八七〇年） 通译狄更斯，英国小说家。著有《大卫·科波菲尔》、《双城记》等。《博徒别传》原名《劳特奈·斯吞》，英国小说家柯南·道尔（一八五九年至一九三〇年）著，陈大澄等译，是商务印书馆出版的《说部丛书》之一。鲁迅在一九二六年八月八日致韦素园信中曾说：“《博徒别传》是Rodney Stone的译名，但是C. Doyle做的。《阿Q正传》中说是迭更司作，乃是我误记。”

体卑下，是“引车卖浆者流”所用的话[①]，所以不敢僭称，便从不入三教九流的小说家[②]所谓“闲话休题言归正传”这一句套话里，取出“正传”两个字来，作为名目，即使与古人所撰《书法正传》[③]的“正传”字面上很相混，也顾不得了。

第二，立传的通例，开首大抵该是“某，字某，某地人也”，而我并不知道阿Q姓什么。有一回，他似乎是姓赵，但第二日便模糊了。那是赵太爷的儿子进了秀才的时候，锣声镗镗的报到村里来，阿Q正喝了两碗黄酒，便手舞足蹈的说，这于他也很光采，因为他和赵太爷原来是本家，细细的排起来他还比秀才长三辈呢。其时几个旁听人倒也肃然的有些起敬了。那知道第二天，地保便叫阿Q到赵太爷家里去；太爷一见，满脸溅朱，喝道：

“阿Q，你这浑小子！你说我是你的本家么？”

阿Q不开口。

赵太爷愈看愈生气了，抢进几步说：“你敢胡说！我怎么会有你这样的本家？你姓赵么？”

阿Q不开口，想往后退了；赵太爷跳过去，给了他一个嘴巴。

---

① “引车卖浆者流” 这是当时林琴南攻击白话文的用语。一九三一年三月三日作者给日本山上正义的校释中说：“‘引车卖浆’，即拉车卖豆腐浆之谓，系指蔡元培氏之父。那时，蔡元培氏为北京大学校长，亦系主张白话者之一，故亦受到攻击之矢。”

② 不入三教九流的小说家 三教，指儒教、佛教、道教；九流，即九家。《汉书·艺文志》中分古代诸子为十家：儒家、道家、阴阳家、法家、名家、墨家、纵横家、杂家、农家、小说家，并说：“诸子十家，其可观者九家而已。”“小说家者流，盖出于稗官。街谈巷语，道听途说者之所造也。……是以君子弗为也。”

③《书法正传》 一部关于书法的书，清代冯武著，共十卷。这里的“正传”是“正确的传授”的意思。

沿河民居

“你怎么会姓赵！——你那里配姓赵！”

阿Q并没有抗辩他确凿姓赵，只用手摸着左颊，和地保退出去了；外面又被地保训斥了一番，谢了地保二百文酒钱。知道的人都说阿Q太荒唐，自己去招打；他大约未必姓赵，即使真姓赵，有赵太爷在这里，也不该如此胡说的。此后便再没有人提起他的氏族来，所以我终于不知道阿Q究竟什么姓。

第三，我又不知道阿Q的名字是怎么写的。他活着的时候，人都叫他阿Quei，死了以后，便没有一个人再叫阿Quei了，那里还会有“著之竹帛”[①]的事。若论“著之竹帛”，这篇文章要算第一次，所以先遇着了这第一个难关。我曾经仔细想：阿Quei，阿桂还是阿贵呢？倘使

① “著之竹帛” 语出《吕氏春秋·仲春纪》：“著乎竹帛，传乎后世。”竹，竹简；帛，绢绸。我国古代未发明造纸前曾用来书写文字。

典型的绍兴民宅

他号叫月亭，或者在八月间做过生日，那一定是阿桂了；而他既没有号——也许有号，只是没有人知道他，——又未尝散过生日征文的帖子：写作阿桂，是武断的。又倘若他有一位老兄或令弟叫阿富，那一定是阿贵了；而他又只是一个人：写作阿贵，也没有佐证的。其余音Quei的偏僻字样，更加凑不上了。先前，我也曾问过赵太爷的儿子茂才[①]先生，谁料博雅如此公，竟也茫然，但据结论说，是因为陈独秀办了《新青年》提倡洋字[②]，所以国粹沦亡，无可查考了。我的最后的手

① 茂才　即秀才。东汉时，因为避光武帝刘秀的名讳，改秀才为茂才；后来有时也沿用作秀才的别称。

② 陈独秀办了《新青年》提倡洋字　指一九一八年前后钱玄同等人在《新青年》杂志上开展关于废除汉字、改用罗马字母拼音的讨论一事。一九三一年三月三日作者在给山上正义的校释中说："主张使用罗马字母的是钱玄同，这里说是陈独秀，系茂才公之误。"

河道人家，紧靠蕺山的南面

段，只有托一个同乡去查阿Q犯事的案卷，八个月之后才有回信，说案卷里并无与阿Quei的声音相近的人。我虽不知道是真没有，还是没有查，然而也再没有别的方法了。生怕注音字母还未通行，只好用了“洋字”，照英国流行的拼法写他为阿Quei，略作阿Q。这近于盲从《新青年》，自己也很抱歉，但茂才公尚且不知，我还有什么好办法呢。

第四，是阿Q的籍贯了。倘他姓赵，则据现在好称郡望的老例，可以照《郡名百家姓》[1]上的注解，说是“陇西天水人也”，但可惜这姓是不甚可靠的，因此籍贯也就有些决不定。他虽然多住未庄，然而也常常宿

① 《郡名百家姓》、《百家姓》是以前学塾所用的识字课本之一，宋初人编纂。为便于诵读，将姓氏连缀为四言韵语。《郡名百家姓》则在每一姓上都附注郡（古代地方区域的名称）名，表示某姓望族曾居古代某地，如赵为“天水”、钱为“彭城”之类。

在别处，不能说是未庄人，即使说是“未庄人也”，也仍然有乖史法的。

我所聊以自慰的，是还有一个“阿”字非常正确，绝无附会假借的缺点，颇可以就正于通人。至于其余，却都非浅学所能穿凿，只希望有“历史癖与考据癖”的胡适之[①]先生的门人们，将来或者能够寻出许多新端绪来，但是我这《阿Q正传》到那时却又怕早经消灭了。

以上可以算是序。

第二章　优胜记略

阿Q不独是姓名籍贯有些渺茫，连他先前的“行状”[②]也渺茫。因为未庄的人们之于阿Q，只要他帮忙，只拿他玩笑，从来没有留心他的“行状”的。而阿Q自己也不说，独有和别人口角的时候，间或瞪着眼睛道：

“我们先前——比你阔的多啦！你算是什么东西！”

阿Q没有家，住在未庄的土谷祠[③]里；也没有固定的职业，只给人家做短工，割麦便割麦，舂米便舂米，撑船便撑船。工作略长久时，他也或住在临时主人的家里，但一完就走了。所以，人们忙碌的时候，也还记起阿Q来，然而记起的是做工，并不是“行状”；一闲

---

① 胡适之　即胡适。他在一九二〇年七月所作《〈水浒传〉考证》中自称“有历史癖与考据癖”。

② “行状”　原指封建时代记述死者世系、籍贯、生卒、事迹的文字，一般由其家属撰写。这里泛指经历。

③ 土谷祠　即土地庙。土谷，指土地神和五谷神。

空，连阿Q都早忘却，更不必说“行状”了。只是有一回，有一个老头子颂扬说：“阿Q真能做！”这时阿Q赤着膊，懒洋洋的瘦伶仃的正在他面前，别人也摸不着这话是真心还是讥笑，然而阿Q很喜欢。

阿Q又很自尊，所有未庄的居民，全不在他眼睛里，甚而至于对于两位“文童”[①]也有以为不值一笑的神情。夫文童者，将来恐怕要变秀才者也；赵太爷钱太爷大受居民的尊敬，除有钱之外，就因为都是文童的爹爹，而阿Q在精神上独不表格外的崇奉，他想：我的儿子会阔得多啦！加以进了几回城，阿Q自然更自负，然而他又很鄙薄城里人，譬如用三尺长三寸宽的木板做成的凳子，未庄叫“长凳”，他也叫“长凳”，城里人却叫“条凳”，他想：这是错的，可笑！油煎大头鱼，未庄都加上半寸长的葱叶，城里却加上切细的葱丝，他想：这也是错的，可笑！然而未庄人真是不见世面的可笑的乡下人呵，他们没有见过城里的煎鱼！

阿Q“先前阔”，见识高，而且“真能做”，本来几乎是一个“完人”了，但可惜他体质上还有一些缺点。最恼人的是在他头皮上，颇有几处不知起于何时的癞疮疤。这虽然也在他身上，而看阿Q的意思，倒也似乎以为不足贵的，因为他讳说“癞”以及一切近于“赖”的音，后来推而广之，“光”也讳，“亮”也讳，再后来，连“灯”“烛”都讳了。一犯讳，不问有心与无心，阿Q便全疤通红的发起怒来，估量了对手，口讷的他便骂，气力小的他便打；然而不知怎么一回事，总还是阿Q吃亏的时候多。于是他渐渐的变换了方针，大

---

① “文童” 也称“童生”，指科举时代习举业而尚未考取秀才的人。

依河街道

抵改为怒目而视了。

谁知道阿Q采用怒目主义之后，未庄的闲人们便愈喜欢玩笑他。一见面，他们便假作吃惊的说：

“哙，亮起来了。”

阿Q照例的发了怒，他怒目而视了。

“原来有保险灯在这里！”他们并不怕。

阿Q没有法，只得另外想出报复的话来：

“你还不配……”这时候，又仿佛在他头上的是一种高尚的光荣的癞头疮，并非平常的癞头疮了；但上文说过，阿Q是有见识的，他立刻知道和“犯忌”有点抵触，便不再往底下说。

闲人还不完，只撩他，于是终而至于打。阿Q在形式上打败了，被人揪住黄辫子，在壁上碰了四五个响头，闲人这才心满意足的得胜的走了，阿Q站了一刻，心里想，“我总算被儿子打了，现在的世界真不像样……”于是也心满意足的得胜的走了。

阿Q想在心里的，后来每每说出口来，所以凡有和阿Q玩笑的人们，几乎全知道他有这一种精神上的胜利法，此后每逢揪住他黄辫子的时候，人就先一着对他说：

“阿Q，这不是儿子打老子，是人打畜生。自己说：人打畜生！”

阿Q两只手都捏住了自己的辫根，歪着头，说道：

“打虫豸，好不好？我是虫豸——还不放么？”

但虽然是虫豸，闲人也并不放，仍旧在就近什么地方给他碰了五六个响头，这才心满意足的得胜的走了，他以为阿Q这回可遭了瘟。然而不到十秒钟，阿Q也心满意足的得胜的走了，他觉得他是第一个能够自轻自贱的人，除了“自轻自贱”不算外，余下的就是“第一个”。状元①不也是“第一个”么？“你算是什么东西”呢！？

阿Q以如是等等妙法克服怨敌之后，便愉快的跑到酒店里喝几碗酒，又和别人调笑一通，口角一通，又得了胜，愉快的回到土谷祠，放倒头睡着了。假使有钱，他便去押牌宝②，一堆人蹲在地面上，阿Q即汗流满面的夹在这中间，声音他最响：

“青龙四百！”

“咳～～开～～啦！”桩家揭开盒子盖，也是汗流满面的唱。“天门啦～～角回啦～～！人和穿堂空在那里啦～～！阿Q的铜钱拿过来～～！”

---

① 状元　科举时代，经皇帝殿试取中的第一名进士叫状元。

② 押牌宝　一种赌博。赌局中为主的人叫“桩家”；下文的“青龙”、“天门”、“穿堂”等都是押牌宝的用语，指押赌注的位置；“四百”、“一百五十”是押赌注的钱数。

“穿堂一百——一百五十！”

阿Q的钱便在这样的歌吟之下，渐渐的输入别个汗流满面的人物的腰间。他终于只好挤出堆外，站在后面看，替别人着急，一直到散场，然后恋恋的回到土谷祠，第二天，肿着眼睛去工作。

但真所谓“塞翁失马安知非福”[①]罢，阿Q不幸而赢了一回，他倒几乎失败了。

这是未庄赛神[②]的晚上。这晚上照例有一台戏，戏台左近，也照例有许多的赌摊。做戏的锣鼓，在阿Q耳朵里仿佛在十里之外；他只听得桩家的歌唱了。他赢而又赢，铜钱变成角洋，角洋变成大洋，大洋又成了叠。他兴高采烈得非常：

“天门两块！”

他不知道谁和谁为什么打起架来了。骂声打声脚步声，昏头昏脑的一大阵，他才爬起来，赌摊不见了，人们也不见了，身上有几处很似乎有些痛，似乎也挨了几拳几脚似的，几个人诧异的对他看。他如有所失的走进土谷祠，定一定神，知道他的一堆洋钱不见了。赶赛会的赌摊多不是本村人，还到那里去寻根柢呢？

很白很亮的一堆洋钱！而且是他的——现在不见了！说是算被儿

---

① “塞翁失马安知非福” 据《淮南子·人间训》：“近塞上之人有善术者，马无故亡胡中，人皆吊之。其父曰：此何遽不能为福乎？居数月，其马将胡骏马而归，人皆贺之。其父曰：此何遽不能为祸乎？家富马良，其子好骑，堕而折髀，人皆吊之。其父曰：此何遽不能为福乎？居一年，胡人大入塞，丁壮者控弦而战，塞上之人死者十九，此独以跛之故，父子相保。故福之为祸，祸之为福，化不可极，深不可测也。”

② 赛神 即迎神赛会。

子拿去了罢，总还是忽忽不乐；说自己是虫豸罢，也还是忽忽不乐：他这回才有些感到失败的苦痛了。

但他立刻转败为胜了。他擎起右手，用力的在自己脸上连打了两个嘴巴，热剌剌的有些痛；打完之后，便心平气和起来，似乎打的是自己，被打的是别一个自己，不久也就仿佛是自己打了别个一般，——虽然还有些热剌剌，——心满意足的得胜的躺下了。

他睡着了。

第三章　续优胜记略

然而阿Q虽然常优胜，却直待蒙赵太爷打他嘴巴之后，这才出了名。

他付过地保二百文酒钱，愤愤的躺下了，后来想："现在的世界太不成话，儿子打老子……"于是忽而想到赵太爷的威风，而现在是

安昌镇一角

他的儿子了，便自己也渐渐的得意起来，爬起身，唱着《小孤孀上坟》[1]到酒店去。这时候，他又觉得赵太爷高人一等了。

说也奇怪，从此之后，果然大家也仿佛格外尊敬他。这在阿Q，或者以为因为他是赵太爷的父亲，而其实也不然。未庄通例，倘如阿七打阿八，或者李四打张三，向来本不算一件事，必须与一位名人如赵太爷者相关，这才载上他们的口碑。一上口碑，则打的既有名，被打的也就托庇有了名。至于错在阿Q，那自然是不必说。所以者何？就因为赵太爷是不会错的。但他既然错，为什么大家又仿佛格外尊敬他呢？这可难解，穿凿起来说，或者因为阿Q说是赵太爷的本家，虽然挨了打，大家也还怕有些真，总不如尊敬一些稳当。否则，也如孔庙里的太牢[2]一般，虽然与猪羊一样，同是畜生，但既经圣人下箸，先儒们便不敢妄动了。

阿Q此后倒得意了许多年。

有一年的春天，他醉醺醺的在街上走，在墙根的日光下，看见王胡在那里赤着膊捉虱子，他忽然觉得身上也痒起来了。这王胡，又癞又胡，别人都叫他王癞胡，阿Q却删去了一个癞字，然而非常渺视他。阿Q的意思，以为癞是不足为奇的，只有这一部络腮胡子，实在太新奇，令人看不上眼。他于是并排坐下去了。倘是别的闲人们，阿Q本不敢大意坐下去。但这王胡旁边，他有什么怕呢？老实说：他肯坐下去，简直还是抬举他。

---

① 《小孤孀上坟》 当时流行的一出绍兴地方戏。

② 太牢　按古代祭礼，原指牛、羊、豕三牲，但后来单称牛为太牢。

土谷祠。在这里能找到鲁迅小说阿Q的所在

阿Q也脱下破夹袄来，翻检了一回，不知道因为新洗呢还是因为粗心，许多工夫，只捉到三四个。他看那王胡，却是一个又一个，两个又三个，只放在嘴里毕毕剥剥的响。

阿Q最初是失望，后来却不平了：看不上眼的王胡尚且那么多，自己倒反这样少，这是怎样的大失体统的事呵！他很想寻一两个大的，然而竟没有，好容易才捉到一个中的，恨恨的塞在厚嘴唇里，狠命一咬，劈的一声，又不及王胡响。

他癞疮疤块块通红了，将衣服摔在地上，吐一口唾沫，说：

"这毛虫！"

"癞皮狗，你骂谁？"王胡轻蔑的抬起眼来说。

阿Q近来虽然比较的受人尊敬，自己也更高傲些，但和那些打惯的闲人们见面还胆怯，独有这回却非常武勇了。这样满脸胡子的东西，也敢出言无状么？

“谁认便骂谁！”他站起来，两手叉在腰间说。

“你的骨头痒了么？”王胡也站起来，披上衣服说。

阿Q以为他要逃了，抢进去就是一拳。这拳头还未达到身上，已经被他抓住了，只一拉，阿Q跄跄踉踉的跌进去，立刻又被王胡扭住了辫子，要拉到墙上照例去碰头。

“‘君子动口不动手’！”阿Q歪着头说。

王胡似乎不是君子，并不理会，一连给他碰了五下，又用力的一推，至于阿Q跌出六尺多远，这才满足的去了。

在阿Q的记忆上，这大约要算是生平第一件的屈辱，因为王胡以络腮胡子的缺点，向来只被他奚落，从没有奚落他，更不必说动手了。而他现在竟动手，很意外，难道真如市上所说，皇帝已经停了考[①]，不要秀才和举人了，因此赵家减了威风，因此他们也便小觑了他么？

阿Q无可适从的站着。

远远的走来了一个人，他的对头又到了。这也是阿Q最厌恶的一个人，就是钱太爷的大儿子。他先前跑上城里去进洋学堂，不知怎么又跑到东洋去了，半年之后他回到家里来，腿也直了，辫子也不见了，他的母亲大哭了十几场，他的老婆跳了三回井。后来，他的母亲到处说，“这辫子是被坏人灌醉了酒剪去的。本来可以做大官，现在

① 皇帝已经停了考　光绪三十一年（一九〇五年），清政府下令自丙午科起，废止科举考试。

孤岩兀立的石景——柯岩云骨

柯岩石佛，由高约三十余米的岩石雕凿而成

只好等留长再说了。”然而阿Q不肯信，偏称他“假洋鬼子”，也叫作“里通外国的人”，一见他，一定在肚子里暗暗的咒骂。

阿Q尤其“深恶而痛绝之”的，是他的一条假辫子。辫子而至于假，就是没有了做人的资格；他的老婆不跳第四回井，也不是好女人。

这“假洋鬼子”近来了。

“秃儿。驴……”阿Q历来本只在肚子里骂，没有出过声，这回因为正气忿，因为要报仇，便不由的轻轻的说出来了。

不料这秃儿却拿着一支黄漆的棍子——就是阿Q所谓哭丧棒[①]——

① 哭丧棒　旧时在为父母送殡时，儿子须手拄“孝杖”，以表示悲痛难支。阿Q因厌恶假洋鬼子，所以把他的手杖咒为“哭丧棒”。

大踏步走了过来。阿Q在这刹那，便知道大约要打了，赶紧抽紧筋骨，耸了肩膀等候着，果然，拍的一声，似乎确凿打在自己头上了。

“我说他！”阿Q指着近旁的一个孩子，分辩说。

拍！拍拍！

在阿Q的记忆上，这大约要算是生平第二件的屈辱。幸而拍拍的响了之后，于他倒似乎完结了一件事，反而觉得轻松些，而且“忘却”这一件祖传的宝贝也发生了效力，他慢慢的走，将到酒店门口，早已有些高兴了。

但对面走来了静修庵里的小尼姑。阿Q便在平时，看见伊也一定要唾骂，而况在屈辱之后呢？他于是发生了回忆，又发生了敌忾了。

“我不知道我今天为什么这样晦气，原来就因为见了你！”他想。

他迎上去，大声的吐一口唾沫：

“咳，呸！”

小尼姑全不睬，低了头只是走。阿Q走近伊身旁，突然伸出手去摩着伊新剃的头皮，呆笑着，说：

“秃儿！快回去，和尚等着你……”

“你怎么动手动脚……”尼姑满脸通红的说，一面赶快走。

酒店里的人大笑了。阿Q看见自己的勋业得了赏识，便愈加兴高采烈起来：

“和尚动得，我动不得？”他扭住伊的面颊。

酒店里的人大笑了。阿Q更得意，而且为满足那些赏鉴家起见，再用力的一拧，才放手。

他这一战，早忘却了王胡，也忘却了假洋鬼子，似乎对于今天的

越女池

一切“晦气”都报了仇；而且奇怪，又仿佛全身比拍拍的响了之后更轻松，飘飘然的似乎要飞去了。

“这断子绝孙的阿Q！”远远地听得小尼姑的带哭的声音。

“哈哈哈！”阿Q十分得意的笑。

“哈哈哈！”酒店里的人也九分得意的笑。

第四章　恋爱的悲剧

有人说：有些胜利者，愿意敌手如虎，如鹰，他才感得胜利的欢喜；假使如羊，如小鸡，他便反觉得胜利的无聊。又有些胜利者，当克服一切之后，看见死的死了，降的降了，“臣诚惶诚恐死罪死罪”，他于是没有了敌人，没有了对手，没有了朋友，只有自己在上，一个，孤另另，凄凉，寂寞，便反而感到了胜利的悲哀。然而我们的阿Q却没有这样乏，他是永远得意的：这或者也是中国精神文明冠于全球的一个证据了。

看哪，他飘飘然的似乎要飞去了！

然而这一次的胜利，却又使他有些异样。他飘飘然的飞了大半天，飘进土谷祠，照例应该躺下便打鼾。谁知道这一晚，他很不容易合眼，他觉得自己的大拇指和第二指有点古怪：仿佛比平常滑腻些。不知道是小尼姑的脸上有一点滑腻的东西粘在他指上，还是他的指头在小尼姑脸上磨得滑腻了？……

大禹治水石雕像

“断子绝孙的阿Q！”

阿Q的耳朵里又听到这句话。他想：不错，应该有一个女人，断子绝孙便没有人供一碗饭，……应该有一个女人。夫“不孝有三无后为大”[①]，而“若敖之鬼馁而”[②]，也是一件人生的大哀，

① “不孝有三无后为大” 语见《孟子·离娄》。

② “若敖之鬼馁而” 语出《左传·宣公四年》，楚国司马子良（若敖氏）的儿子越椒长相凶恶，子良的哥哥子文认为越椒长大后会招致灭族之祸，要子良杀死他。子良没有依从。子文临死时说：“鬼犹求食，若敖氏之鬼不其馁而。”意思是若敖氏以后没有子孙供饭，鬼魂都要挨饿了。而，语尾助词。

新昌大佛寺

所以他那思想，其实是样样合于圣经贤传的，只可惜后来有些“不能收其放心”[①]了。

“女人，女人！……”他想。

“……和尚动得……女人，女人！……女人！”他又想。

我们不能知道这晚上阿Q在什么时候才打鼾。但大约他从此总觉得指头有些滑腻，所以他从此总有些飘飘然；“女……”他想。

即此一端，我们便可以知道女人是害人的东西。

中国的男人，本来大半都可以做圣贤，可惜全被女人毁掉了。商

① “不能收其放心”《尚书·毕命》：“虽收放心，闲之维艰。”放心，心无约束的意思。

新昌大佛寺大雄宝殿

是妲己[1]闹亡的；周是褒姒弄坏的；秦……虽然史无明文，我们也假定他因为女人，大约未必十分错；而董卓可是的确给貂蝉害死了。

阿Q本来也是正人，我们虽然不知道他曾蒙什么明师指授过，但他对于“男女之大防”[2]却历来非常严；也很有排斥异端——如小尼姑及假洋鬼子之类——的正气。他的学说是：凡尼姑，一定与和尚私通；一个女人在外面走，一定想引诱野男人；一男一女在那里讲话，一定要有勾当了。为惩治他们起见，所以他往往怒目而视，或者大声

---

① **妲己** 殷纣王的妃子。下文的褒姒是周幽王的妃子。《史记》中有商因妲己而亡，周因褒姒而衰的记载。貂蝉是《三国演义》中王允家的一个歌妓，书中有吕布为争夺她而杀死董卓的故事。作者在这里是讽刺那种把历史上亡国败家的原因都归罪于妇女的观点。

② **“男女之大防”** 指封建礼教对男女之间所规定的严格界限，如“男子居外，女子居内”（《礼记·内则》），“男女授受不亲”（《孟子·离娄》），等等。

新昌风光

说几句“诛心”[1]话，或者在冷僻处，便从后面掷一块小石头。

谁知道他将到“而立”[2]之年，竟被小尼姑害得飘飘然了。这飘飘然的精神，在礼教上是不应该有的，——所以女人真可恶，假使小尼姑的脸上不滑腻，阿Q便不至于被蛊，又假使小尼姑的脸上盖一层布，阿Q便也不至于被蛊了，——他五六年前，曾在戏台下的人丛中拧过一个女人的大腿，但因为隔一层裤，所以此后并不飘飘然，——而小尼姑并不然，这也足见异端之可恶。

“女……”阿Q想。

他对于以为“一定想引诱野男人”的女人，时常留心看，然而伊并不对他笑。他对于和他讲话的女人，也时常留心听，然而伊又并不提起关于什么勾当的话来。哦，这也是女人可恶之一节：伊们全都要装“假正经”的。

---

① “诛心” 犹“诛意”。《后汉书·霍谞传》：“《春秋》之义，原情定过，赦事诛意。”诛心、诛意，指不问实际情形如何而主观地推究别人的居心。

② “而立” 语出《论语·为政》“三十而立”，原是孔丘说他三十岁在学问上有所自立的话，后来就常用“而立”代指三十岁。

绿水青山

这一天，阿Q在赵太爷家里舂了一天米，吃过晚饭，便坐在厨房里吸旱烟。倘在别家，吃过晚饭本可以回去的了，但赵府上晚饭早，虽说定例不准掌灯，一吃完便睡觉，然而偶然也有一些例外：其一，是赵大爷未进秀才的时候，准其点灯读文章；其二，便是阿Q来做短工的时候，准其点灯舂米。因为这一条例外，所以阿Q在动手舂米之前，还坐在厨房里吸旱烟。

吴妈，是赵太爷家里唯一的女仆，洗完了碗碟，也就在长凳上坐下了，而且和阿Q谈闲天：

“太太两天没有吃饭哩，因为老爷要买一个小的……”

“女人……吴妈……这小孤孀……”阿Q想。

“我们的少奶奶是八月里要生孩子了……”

“女人……”阿Q想。

阿Q放下烟管，站了起来。

“我们的少奶奶……”吴妈还唠叨说。

“我和你困觉，我和你困觉！”阿Q忽然抢上去，对伊跪下了。

一刹时中很寂然。

“阿呀！”吴妈楞了一息，突然发抖，大叫着往外跑，且跑且嚷，似乎后来带哭了。

阿Q对了墙壁跪着也发楞，于是两手扶着空板凳，慢慢的站起来，仿佛觉得有些糟。他这时确也有些忐忑了，慌张的将烟管插在裤带上，就想去舂米。蓬的一声，头上着了很粗的一下，他急忙回转身去，那秀才便拿了一支大竹杠站在他面前。

“你反了，……你这……”

大竹杠又向他劈下来了。阿Q两手去抱头，拍的正打在指节上，

碧波粼粼的皇甫庄，距安桥头约6公里

这可很有一些痛。他冲出厨房门，仿佛背上又着了一下似的。

“忘八蛋！”秀才在后面用了官话这样骂。

阿Q奔入舂米场，一个人站着，还觉得指头痛，还记得“忘八蛋”，因为这话是未庄的乡下人从来不用，专是见过官府的阔人用的，所以格外怕，而印象也格外深。但这时，他那“女……”的思想却也没有了。而且打骂之后，似乎一件事也已经收束，倒反觉得一无挂碍似的，便动手去舂米。舂了一会，他热起来了，又歇了手脱衣服。

脱下衣服的时候，他听得外面很热闹，阿Q生平本来最爱看热闹，便即寻声走出去了。寻声渐渐的寻到赵太爷的内院里，虽然在昏黄中，却辨得出许多人，赵府一家连两日不吃饭的太太也在内，还有

小皋埠，离绍兴古城约10公里

间壁的邹七嫂，真正本家的赵白眼，赵司晨。

少奶奶正拖着吴妈走出下房来，一面说：

“你到外面来，……不要躲在自己房里想……”

“谁不知道你正经，……短见是万万寻不得的。”邹七嫂也从旁说。

吴妈只是哭，夹些话，却不甚听得分明。

阿Q想：“哼，有趣，这小孤孀不知道闹着什么玩意儿了？”他想打听，走近赵司晨的身边。这时他猛然间看见赵大爷向他奔来，而且手里捏着一支大竹杠。他看见这一支大竹杠，便猛然间悟到自己曾经被打，和这一场热闹似乎有点相关。他翻身便走，想逃回舂米场，不图这支竹杠阻了他的去路，于是他又翻身便走，自然而然的走出后门，不多工夫，已在土谷祠内了。

阿Q坐了一会，皮肤有些起粟，他觉得冷了，因为虽在春季，而夜间颇有余寒，尚不宜于赤膊。他也记得布衫留在赵家，但倘若去取，又深怕秀才的竹杠。然而地保进来了。

“阿Q，你的妈妈的！你连赵家的佣人都调戏起来，简直是造反。害得我晚上没有觉睡，你的妈妈的！……”

如是云云的教训了一通，阿Q自然没有话。临末，因为在晚上，应该送地保加倍酒钱四百文，阿Q正没有现钱，便用一顶毡帽做抵押，并且订定了五条件：

一　明天用红烛——要一斤重的——一对，香一封，到赵府上去赔罪。

二　赵府上请道士祓除缢鬼，费用由阿Q负担。

三　阿Q从此不准踏进赵府的门槛。

翠山清流

四　吴妈此后倘有不测，惟阿Q是问。

五　阿Q不准再去索取工钱和布衫。

阿Q自然都答应了，可惜没有钱。幸而已经春天，棉被可以无用，便质了二千大钱，履行条约。赤膊磕头之后，居然还剩几文，他也不再赎毡帽，统统喝了酒了。但赵家也并不烧香点烛，因为太太拜佛的时候可以用，留着了。那破布衫是大半做了少奶奶八月间生下来的孩子的衬尿布，那小半破烂的便都做了吴妈的鞋底。

第五章　生计问题

阿Q礼毕之后，仍旧回到土谷祠，太阳下去了，渐渐觉得世上有些古怪。他仔细一想，终于省悟过来：其原因盖在自己的赤膊。他记

小皋埠秦家台门外。秦家与鲁迅大舅父有姻亲关系

得破夹袄还在，便披在身上，躺倒了，待张开眼睛，原来太阳又已经照在西墙上头了。他坐起身，一面说道，“妈妈的……”

他起来之后，也仍旧在街上逛，虽然不比赤膊之有切肤之痛，却又渐渐的觉得世上有些古怪了。仿佛从这一天起，未庄的女人们忽然都怕了羞，伊们一见阿Q走来，便个个躲进门里去。甚而至于将近五十岁的邹七嫂，也跟着别人乱钻，而且将十一岁的女儿都叫进去了。阿Q很以为奇，而且想：“这些东西忽然都学起小姐模样来了。这娼妇们……”

但他更觉得世上有些古怪，却是许多日以后的事。其一，酒店不肯赊欠了；其二，管土谷祠的老头子说些废话，似乎叫他走；其三，他虽然记不清多少日，但确乎有许多日，没有一个人来叫他做短工。酒店不赊，熬着也罢了；老头子催他走，噜苏一通也就算了；只是没有人来叫他做短工，却使阿Q肚子饿：这委实是一件非常“妈妈的”的事情。

阿Q忍不下去了，他只好到老主顾的家里去探问，——但独不许踏进赵府的门槛，——然而情形也异样：一定走出一个男人来，现了十分烦厌的相貌，像回复乞丐一般的摇手道：

“没有没有！你出去！”

阿Q愈觉得稀奇了。他想，这些人家向来少不了要帮忙，不至于现在忽然都无事，这总该有些蹊跷在里面了。他留心打听，才知道他们有事都去叫小Don[1]。这小D，是一个穷小子，又瘦又乏，在阿Q的

---

① 小Don 即小同。作者在《且介亭杂文·寄〈戏〉周刊编者信》中说：“他叫‘小同’，大起来，和阿Q一样。”

秦家台门内一角。一八九三年冬，鲁迅随大舅父离开皇甫庄到小皋埠的秦家寄居，就住此屋。秦家藏书甚丰，使鲁迅得以博览了《红楼梦》等中国古典文学名著

眼睛里，位置是在王胡之下的，谁料这小子竟谋了他的饭碗去。所以阿Q这一气，更与平常不同，当气愤愤的走着的时候，忽然将手一扬，唱道：

“我手执钢鞭将你打！①……”

几天之后，他竟在钱府的照壁前遇见了小D。“仇人相见分外眼明”，阿Q便迎上去，小D也站住了。

“畜生！”阿Q怒目而视的说，嘴角上飞出唾沫来。

“我是虫豸，好么？……”小D说。

这谦逊反使阿Q更加愤怒起来，但他手里没有钢鞭，于是只得扑

① “我手执钢鞭将你打！” 这一句及下文的“悔不该，酒醉错斩了郑贤弟”，都是当时绍兴地方戏《龙虎斗》中的唱词。这出戏演的是宋太祖赵匡胤和呼延赞交战的故事。郑贤弟，指赵匡胤部下猛将郑子明。

上去，伸手去拔小D的辫子。小D一手护住了自己的辫根，一手也来拔阿Q的辫子，阿Q便也将空着的一只手护住了自己的辫根。从先前的阿Q看来，小D本来是不足齿数的，但他近来挨了饿，又瘦又乏已经不下于小D，所以便成了势均力敌的现象，四只手拔着两颗头，都弯了腰，在钱家粉墙上映出一个蓝色的虹形，至于半点钟之久了。

“好了，好了！”看的人们说，大约是解劝的。

“好，好！”看的人们说，不知道是解劝，是颂扬，还是煽动。

然而他们都不听。阿Q进三步，小D便退三步，都站着；小D进三步，阿Q便退三步，又都站着。大约半点钟，——未庄少有自鸣钟，所以很难说，或者二十分，——他们的头发里便都冒烟，额上便都流

楼阁相接的柯桥，建筑精巧，造型优美，富有诗情画意

汗，阿Q的手放松了，在同一瞬间，小D的手也正放松了，同时直起，同时退开，都挤出人丛去。

“记着罢，妈妈的……”阿Q回过头去说。

“妈妈的，记着罢……”小D也回过头来说。

寿岩

这一场“龙虎斗”似乎并无胜败，也不知道看的人可满足，都没有发什么议论，而阿Q却仍然没有人来叫他做短工。

有一日很温和，微风拂拂的颇有些夏意了，阿Q却觉得寒冷起来，但这还可担当，第一倒是肚子饿。棉被，毡帽，布衫，早已没有了，其次就卖了棉袄；现在有裤子，却万不可脱的；有破夹袄，又除了送人做鞋底之外，决定卖不出钱。他早想在路上拾得一注钱，但至今还没有见；他想在自己的破屋里忽然寻到一注钱，慌张的四顾，但屋内是空虚而且了然。于是他决计出门求食去了。

他在路上走着要“求食”，看见熟识的酒店，看见熟识的馒头，但他都走过了，不但没有暂停，而且并不想要。他所求的不是这类东西了；他求的是什么东西，他自己不知道。

未庄本不是大村镇，不多时便走尽了。村外多是水田，满眼是新秧的嫩绿，夹着几个圆形的活动的黑点，便是耕田的农夫。阿Q并不赏鉴这田家乐，却只是走，因为他直觉的知道这与他的“求食”之道是很辽远的。但他终于走到静修庵的墙外了。

晋代大书法家王羲之故居

庵周围也是水田，粉墙突出在新绿里，后面的低土墙里是菜园。阿Q迟疑了一会，四面一看，并没有人。他便爬上这矮墙去，扯着何首乌藤，但泥土仍然簌簌的掉，阿Q的脚也索索的抖；终于攀着桑树枝，跳到里面了。里面真是郁郁葱葱，但似乎并没有黄酒馒头，以及此外可吃的之类。靠西墙是竹丛，下面许多笋，只可惜都是并未煮熟的，还有油菜早经结子，芥菜已将开花，小白菜也很老了。

阿Q仿佛文童落第似的觉得很冤屈，他慢慢走近园门去，忽而非常惊喜了，这分明是一畦老萝卜。他于是蹲下便拔，而门口突然伸出一个很圆的头来，又即缩回去了，这分明是小尼姑。小尼姑之流是阿

Q本来视若草芥的，但世事须“退一步想”，所以他便赶紧拔起四个萝卜，拧下青叶，兜在大襟里。然而老尼姑已经出来了。

“阿弥陀佛，阿Q，你怎么跳进园里来偷萝卜！……阿呀，罪过呵，阿唷，阿弥陀佛！……”

“我什么时候跳进你的园里来偷萝卜？”阿Q且看且走的说。

“现在……这不是？”老尼姑指着他的衣兜。

“这是你的？你能叫得他答应你么？你……”

阿Q没有说完话，拔步便跑；追来的是一匹很肥大的黑狗。这本来在前门的，不知怎的到后园来了。黑狗哼而且追，已经要咬着阿Q

王右军（羲之）祠

的腿，幸而从衣兜里落下一个萝卜来，那狗给一吓，略略一停，阿Q已经爬上桑树，跨到土墙，连人和萝卜都滚出墙外面了。只剩着黑狗还在对着桑树嗥，老尼姑念着佛。

阿Q怕尼姑又放出黑狗来，拾起萝卜便走，沿路又检了几块小石头，但黑狗却并不再出现。阿Q于是抛了石块，一面走一面吃，而且想道，这里也没有什么东西寻，不如进城去……

待三个萝卜吃完时，他已经打定了进城的主意了。

第六章　从中兴到末路

在未庄再看见阿Q出现的时候，是刚过了这年的中秋。人们都惊异，说是阿Q回来了，于是又回上去想道，他先前那里去了呢？阿Q前几回的上城，大抵早就兴高采烈的对人说，但这一次却并不，所以也没有一个人留心到。他或者也曾告诉过管土谷祠的老头子，然而未庄老例，只有赵太爷钱太爷和秀才大爷上城才算一件事。假洋鬼子尚且不足数，何况是阿Q：因此老头子也就不替他宣传，而未庄的社会上也就无从知道了。

但阿Q这回的回来，却与先前大不同，确乎很值得惊异。天色将黑，他睡眼蒙胧的在酒店门前出现了，他走近柜台，从腰间伸出手来，满把是银的和铜的，在柜上一扔说，“现钱！打酒来！”穿的是新夹袄，看去腰间还挂着一个大搭连，沉钿钿的将裤带坠成了很弯很弯的弧线。未庄老例，看见略有些醒目的人物，是与其慢也宁敬的，现在虽然明知道是阿Q，但因为和破夹袄的阿Q有些两样了，古人云，“士别三日便当刮目相待”[1]，所以堂倌，掌柜，酒客，路人，便自然显出一种疑而且敬的形态来。掌柜既先之以点头，又继之以谈话：

“嚄，阿Q，你回来了！”

“回来了。”

“发财发财，你是——在……”

“上城去了！”

这一件新闻，第二天便传遍了全未庄。人人都愿意知道现钱和新夹袄的阿Q的中兴史，所以在酒店里，茶馆里，庙檐下，便渐渐的探听出来了。这结果，是阿Q得了新敬畏。

据阿Q说，他是在举人老爷家里帮忙。这一节，听的人都肃然了。这老爷本姓白，但因为合城里只有他一个举人，所以不必再冠姓，说起举人来就是他。这也不独在未庄是如此，便是一百里方圆之内也都如此，人们几乎多以为他的姓名就叫举人老爷的了。在这人的府上帮忙，那当然是可敬的。但据阿Q又说，他却不高兴再帮忙了，因为这举人老爷实在太“妈妈的”了。这一节，听的人都叹息而且快意，因为阿Q本不配在举人老爷家里帮忙，而不帮忙是可惜的。

据阿Q说，他的回来，似乎也由于不满意城里人，这就在他们将长凳称为条凳，而且煎鱼用葱丝，加以最近观察所得的缺点，是女人的走路也扭得不很好。然而也偶有大可佩服的地方，即如未庄的乡下

---

① “士别三日便当刮目相待” 语出《三国志·吴书·吕蒙传》裴松之注：“士别三日，即更刮目相待。”刮目，拭目的意思。

水边人家

人不过打三十二张的竹牌①，只有假洋鬼子能够叉“麻酱”，城里却连小乌龟子都叉得精熟的。什么假洋鬼子，只要放在城里的十几岁的小乌龟子的手里，也就立刻是“小鬼见阎王”。这一节，听的人都赧然了。

“你们可看见过杀头么？”阿Q说，“咳，好看。杀革命党。唉，好看好看，……”他摇摇头，将唾沫飞在正对面的赵司晨的脸上。这一节，听的人都凛然了。但阿Q又四面一看，忽然扬起右手，照着伸长脖子听得出神的王胡的后项窝上直劈下去道：

“嚓！”

① 三十二张的竹牌　一种赌具。即牙牌或骨牌，用象牙或兽骨所制，简陋的就用竹制成。下文的“麻酱”指麻雀牌，俗称麻将，也是一种赌具。阿Q把“麻将”讹为“麻酱”。

王胡惊得一跳，同时电光石火似的赶快缩了头，而听的人又都悚然而且欣然了。从此王胡瘟头瘟脑的许多日，并且再不敢走近阿Q的身边；别的人也一样。

阿Q这时在未庄人眼睛里的地位，虽不敢说超过赵太爷，但谓之差不多，大约也就没有什么语病的了。

然而不多久，这阿Q的大名忽又传遍了未庄的闺中。虽然未庄只有钱赵两姓是大屋，此外十之九都是浅闺，但闺中究竟是闺中，所以也算得一件神异。女人们见面时一定说，邹七嫂在阿Q那里买了一条蓝绸裙，旧固然是旧的，但只化了九角钱。还有赵白眼的母亲，——一说是赵司晨的母亲，待考，——也买了一件孩子穿的大红洋纱

规模恢宏的大禹陵，相传最早是禹的儿子启所建

衫，七成新，只用三百大钱九二串[①]。于是伊们都眼巴巴的想见阿Q，缺绸裙的想问他买绸裙，要洋纱衫的想问他买洋纱衫，不但见了不逃避，有时阿Q已经走过了，也还要追上去叫住他，问道：

“阿Q，你还有绸裙么？没有？纱衫也要的，有罢？”

后来这终于从浅闺传进深闺里去了。因为邹七嫂得意之余，将伊的绸裙请赵太太去鉴赏，赵太太又告诉了赵太爷而且着实恭维了一番。赵太爷便在晚饭桌上，和秀才大爷讨论，以为阿Q实在有些古怪，我们门窗应该小心些；但他的东西，不知道可还有什么可买，也许有点好东西罢。加以赵太太也正想买一件价廉物美的皮背心。于是家族决议，便托邹七嫂即刻去寻阿Q，而且为此新辟了第三种的例外：这晚上也姑且特准点油灯。

油灯干了不少了，阿Q还不到。赵府的全眷都很焦急，打着呵欠，或恨阿Q太飘忽，或怨邹七嫂不上紧。赵太太还怕他因为春天的条件不敢来，而赵太爷以为不足虑：因为这是“我”去叫他的。果然，到底赵太爷有见识，阿Q终于跟着邹七嫂进来了。

“他只说没有没有，我说你自己当面说去，他还要说，我说……”邹七嫂气喘吁吁的走着说。

“太爷！”阿Q似笑非笑的叫了一声，在檐下站住了。

“阿Q，听说你在外面发财，”赵太爷踱开去，眼睛打量着他的全身，一面说。“那很好，那很好的。这个，……听说你有些旧东

---

① **三百大钱九二串**　即“三百大钱，以九十二文作为一百”（见《华盖集续编·阿Q正传的成因》）。旧时我国用的铜钱，中有方孔，可用绳子串在一起，每千枚（或每枚“当十”的大钱一百枚）为一串，称作一吊，但实际上常不足数。

安昌镇古镇

西，……可以都拿来看一看，……这也并不是别的，因为我倒要……”

“我对邹七嫂说过了。都完了。”

“完了？”赵太爷不觉失声的说，“那里会完得这样快呢？”

“那是朋友的，本来不多。他们买了些，……”

“总该还有一点罢。”

“现在，只剩了一张门幕了。”

“就拿门幕来看看罢。”赵太太慌忙说。

“那么，明天拿来就是，”赵太爷却不甚热心了。“阿Q，你以后有什么东西的时候，你尽先送来给我们看，……”

“价钱决不会比别家出得少！”秀才说。秀才娘子忙一瞥阿Q的脸，看他感动了没有。

“我要一件皮背心。”赵太太说。

乌篷船行进时，船工手脚并用，船体轻浮水面

阿Q虽然答应着，却懒洋洋的出去了，也不知道他是否放在心上。这使赵太爷很失望，气愤而且担心，至于停止了打呵欠。秀才对于阿Q的态度也很不平，于是说，这忘八蛋要提防，或者竟不如吩咐地保，不许他住在未庄。但赵太爷以为不然，说这也怕要结怨，况且做这路生意的大概是“老鹰不吃窝下食”，本村倒不必担心的；只要自己夜里警醒点就是了。秀才听了这“庭训”[①]，非常之以为然，便即刻撤消了驱逐阿Q的提议，而且叮嘱邹七嫂，请伊万不要向人提起这一段话。

---

① “庭训”《论语·季氏》载，孔丘“尝独立，鲤（按即孔丘的儿子）趋而过庭”，孔丘要他学“诗”、学“礼”。后来就常有人称父亲的教训为“庭训”或“过庭之训”。

皇甫庄后范漤旗杆台门内，鲁家向范姓典用西半个台门。
一八九三年秋，鲁迅因祖父科场案被送到这里避难，寄居楼上

但第二日，邹七嫂便将那蓝裙去染了皂，又将阿Q可疑之点传扬出去了，可是确没有提起秀才要驱逐他这一节。然而这已经于阿Q很不利。最先，地保寻上门了，取了他的门幕去，阿Q说是赵太太要看的，而地保也不还，并且要议定每月的孝敬钱。其次，是村人对于他的敬畏忽而变相了，虽然还不敢来放肆，却很有远避的神情，而这神情和先前的防他来“嚓”的时候又不同，颇混着“敬而远之”的分子了。

只有一班闲人们却还要寻根究底的去探阿Q的底细。阿Q也并不讳饰，傲然的说出他的经验来。从此他们才知道，他不过是一个小脚色，不但不能上墙，并且不能进洞，只站在洞外接东西。有一夜，他刚才接到一个包，正手再进去，不一会，只听得里面大嚷起来，他便赶紧跑，连夜爬出城，逃回未庄来了，从此不敢再去做。然而这故事却于阿Q更不利，村人对于阿Q的“敬而远之”者，本因为怕结怨，谁料他不过是一个不敢再偷的偷儿呢？这实在是“斯亦不足畏也矣”[①]。

第七章　革命

宣统三年九月十四日[②]——即阿Q将搭连卖给赵白眼的这一天——三更四点，有一只大乌篷船到了赵府上的河埠头。这船从黑魆魆中荡来，乡下人睡得熟，都没有知道；出去时将近黎明，却很有几

---

① “斯亦不足畏也矣”　语见《论语·子罕》。

② 宣统三年九月十四日　这一天是一九一一年十一月四日，辛亥革命武昌起义后的第二十五天。据《中国革命记》第三册（一九一一年上海自由社编印）记载：辛亥九月十四日杭州府为民军占领，绍兴府即日宣布光复。

范姓家木窗

个看见的了。据探头探脑的调查来的结果，知道那竟是举人老爷的船！

那船便将大不安载给了未庄，不到正午，全村的人心就很摇动。船的使命，赵家本来是很秘密的，但茶坊酒肆里却都说，革命党要进城，举人老爷到我们乡下来逃难了。惟有邹七嫂不以为然，说那不过是几口破衣箱，举人老爷想来寄存的，却已被赵太爷回复转去。其实举人老爷和赵秀才素不相能，在理本不能有“共患难”的情谊，况且邹七嫂又和赵家是邻居，见闻较为切近，所以大概该是伊对的。

然而谣言很旺盛，说举人老爷虽然似乎没有亲到，却有一封长信，和赵家排了“转折亲”。赵太爷肚里一轮，觉得于他总不会有坏处，便将箱子留下了，现就塞在太太的床底下。至于革命党，有的说是便在这一夜进了城，个个白盔白甲：穿着崇正皇帝的素[①]。

阿Q的耳朵里，本来早听到过革命党这一句话，今年又亲眼见过杀掉革命党。但他有一种不知从那里来的意见，以为革命党便是造反，造反便是与他为难，所以一向是“深恶而痛绝之”的。殊不料这

---

① 穿着崇正皇帝的素　崇正，作品中人物对崇祯的讹称。崇祯是明思宗（朱由检）的年号。明亡于清，后来有些农民起义的部队，常用“反清复明”的口号来反对清朝统治，因此直到清末还有人认为革命军起义是替崇祯皇帝报仇。

却使百里闻名的举人老爷有这样怕，于是他未免也有些“神往”了，况且未庄的一群鸟男女的慌张的神情，也使阿Q更快意。

“革命也好罢，”阿Q想，“革这伙妈妈的的命，太可恶！太可恨！……便是我，也要投降革命党了。”

阿Q近来用度窘，大约略略有些不平；加以午间喝了两碗空肚酒，愈加醉得快，一面想一面走，便又飘飘然起来。不知怎么一来，忽而似乎革命党便是自己，未庄人却都是他的俘虏了。他得意之余，禁不住大声的嚷道：

“造反了！造反了！”

未庄人都用了惊惧的眼光对他看。这一种可怜的眼光，是阿Q从来没有见过的，一见之下，又使他舒服得如六月里喝了雪水。他更加高兴的走而且喊道：

“好，……我要什么就是什么，我欢喜谁就是谁。

得得，锵锵！

悔不该，酒醉错斩了郑贤弟，

悔不该，呀呀呀……

得得，锵锵，得，锵令锵！

我手执钢鞭将你打……”

赵府上的两位男人和两个真本家，也正站在大门口论革命。阿Q没有见，昂了头直唱过去。

“得得，……”

“老Q，”赵太爷怯怯的迎着低声的叫。

“锵锵，”阿Q料不到他的名字会和“老”字联结起来，以为是一

青藤画派的发祥地——青藤书屋，中国古代十大画家之一徐渭（文长）诞生和读书的地方，在绍兴古城内前观巷大乘弄

句别的话，与己无干，只是唱。“得，锵，锵令锵，锵！”

“老Q。”

“悔不该……”

“阿Q！”秀才只得直呼其名了。

阿Q这才站住，歪着头问道，“什么？”

“老Q，……现在……”赵太爷却又没有话，“现在……发财么？”

“发财？自然。要什么就是什么……”

“阿……Q哥，像我们这样穷朋友是不要紧的……”赵白眼惴惴的说，似乎想探革命党的口风。

“穷朋友？你总比我有钱。”阿Q说着自去了。

大家都怃然，没有话。赵太爷父子回家，晚上商量到点灯。赵白

青藤书屋内景和后庭院

眼回家，便从腰间扯下搭连来，交给他女人藏在箱底里。

阿Q飘飘然的飞了一通，回到土谷祠，酒已经醒透了。这晚上，管祠的老头子也意外的和气，请他喝茶；阿Q便向他要了两个饼，吃完之后，又要了一支点过的四两烛和一个树烛台，点起来，独自躺在自己的小屋里。他说不出的新鲜而且高兴，烛火像元夜似的闪闪的跳，他的思想也迸跳起来了：

“造反？有趣，……来了一阵白盔白甲的革命党，都拿着板刀，钢鞭，炸弹，洋炮，三尖两刃刀，钩镰枪，走过土谷祠，叫道，‘阿Q！同去同去！’于是一同去。……

“这时未庄的一伙鸟男女才好笑哩，跪下叫道，‘阿Q，饶命！’谁听他！第一个该死的是小D和赵太爷，还有秀才，还有假洋鬼子，……留几条么？王胡本来还可留，但也不要了。……

“东西，……直走进去打开箱子来：元宝，洋钱，洋纱衫，……秀才娘子的一张宁式床[1]先搬到土谷祠，此外便摆了钱家的桌椅，——或者也就用赵家的罢。自己是不动手的了，叫小D来搬，要搬得快，搬得不快打嘴巴。……

“赵司晨的妹子真丑。邹七嫂的女儿过几年再说。假洋鬼子的老婆会和没有辫子的男子睡觉，吓，不是好东西！秀才的老婆是眼胞上有疤的。……吴妈长久不见了，不知道在那里，——可惜脚太大。”

阿Q没有想得十分停当，已经发了鼾声，四两烛还只点去了小半

青藤书屋内景和后庭院

① 宁式床　浙江宁波一带制作的一种比较讲究的床。

越中名园——沈园，位于绍兴城内东南洋河弄内。陆游的千古绝唱《钗头凤》词，最早就题写在园内墙上

寸，红焰焰的光照着他张开的嘴。

“荷荷！”阿Q忽而大叫起来，抬了头仓皇的四顾，待到看见四两烛，却又倒头睡去了。

第二天他起得很迟，走出街上看时，样样都照旧。他也仍然肚饿，他想着，想不起什么来；但他忽而似乎有了主意了，慢慢的跨开步，有意无意的走到静修庵。

庵和春天时节一样静，白的墙壁和漆黑的门。他想了一想，前去打门，一只狗在里面叫。他急急拾了几块断砖，再上去较为用力的打，打到黑门上生出许多麻点的时候，才听得有人来开门。

阿Q连忙捏好砖头，摆开马步，准备和黑狗来开战。但庵门只开了一条缝，并无黑狗从中冲出，望进去只有一个老尼姑。

“你又来什么事？”伊大吃一惊的说。

“革命了……你知道？……”阿Q说得很含胡。

“革命革命，革过一革的，……你们要革得我们怎么样呢？”老尼姑两眼通红的说。

“什么？……”阿Q诧异了。

“你不知道，他们已经来革过了！”

“谁？……”阿Q更其诧异了。

“那秀才和洋鬼子！”

阿Q很出意外，不由的一错愕；老尼姑见他失了锐气，便飞速的关了门，阿Q再推时，牢不可开，再打时，没有回答了。

那还是上午的事。赵秀才消息灵，一知道革命党已在夜间进城，便将辫子盘在顶上，一早去拜访那历来也不相能的钱洋鬼子。这是“咸与维新”①的时候了，所以他们便谈得很投机，立刻成了情投意合的同志，也相约去革命。他们想而又想，才想出静修庵里有一块“皇帝万岁万万岁”的龙牌，是应该赶紧革掉的，于是又立刻同到庵里去革命。因为老尼姑来阻挡，说了三句话，他们便将伊当作满政府，在头上很给了不少的棍子和栗凿。尼姑待他们走后，定了神来检点，龙牌固然已经碎在地上了，而且又不见了观音娘娘座前的一个宣德炉②。

这事阿Q后来才知道。他颇悔自己睡着，但也深怪他们不来招呼他。他又退一步想道：

“难道他们还没有知道我已经投降了革命党么？”

---

① “咸与维新” 语见《尚书·胤征》。

② 宣德炉 明宣宗宣德年间（1426—1435）制造的一种比较名贵的小型铜香炉，炉底有“大明宣德年制”字样。

第八章　不准革命

未庄的人心日见其安静了。据传来的消息，知道革命党虽然进了城，倒还没有什么大异样。知县大老爷还是原官，不过改称了什么，而且举人老爷也做了什么——这些名目，未庄人都说不明白——官，带兵的也还是先前的老把总[①]。只有一件可怕的事是另有几个不好的革命党夹在里面捣乱，第二天便动手剪辫子，听说那邻村的航船七斤便着了道儿，弄得不像人样子了。但这却还不算大恐怖，因为未庄

陆游的《钗头凤》和唐琬的和词，由词学家夏承焘手书刻于断垣上

① 把总　清代最下一级的武官。

沈园六朝井亭

人本来少上城，即使偶有想进城的，也就立刻变了计，碰不着这危险。阿Q本也想进城去寻他的老朋友，一得这消息，也只得作罢了。

但未庄也不能说是无改革。几天之后，将辫子盘在顶上的逐渐增加起来了，早经说过，最先自然是茂才公，其次便是赵司晨和赵白眼，后来是阿Q。倘在夏天，大家将辫子盘在头顶上或者打一个结，本不算什么稀奇事，但现在是暮秋，所以这“秋行夏令”的情形，在盘辫家不能不说是万分的英断，而在未庄也不能说无关于改革了。

赵司晨脑后空荡荡的走来，看见的人大嚷说，

“嚄，革命党来了！”

阿Q听到了很羡慕。他虽然早知道秀才盘辫的大新闻，但总没有想到自己可以照样做，现在看见赵司晨也如此，才有了学样的意思，

定下实行的决心。他用一支竹筷将辫子盘在头顶上，迟疑多时，这才放胆的走去。

他在街上走，人也看他，然而不说什么话，阿Q当初很不快，后来便很不平。他近来很容易闹脾气了；其实他的生活，倒也并不比造反之前反艰难，人见他也客气，店铺也不说要现钱。而阿Q总觉得自己太失意：既然革了命，不应该只是这样的。况且有一回看见小D，愈使他气破肚皮了。

小D也将辫子盘在头顶上了，而且也居然用一支竹筷。阿Q万料不到他也敢这样做，自己也决不准他这样做！小D是什么东西呢？他很想即刻揪住他，拗断他的竹筷，放下他的辫子，并且批他几个嘴巴，聊且惩罚他忘了生辰八字，也敢来做革命党的罪。但他终于饶放了，单是怒目而视的吐一口唾沫道"呸！"

这几日里，进城去的只有一个假洋鬼子。赵秀才本也想靠着寄存箱子的渊源，亲身去拜访举人老爷的，但因为有剪辫的危险，所以也就中止了。他写了一封"黄伞格"[①]的信，托假洋鬼子带上城，而且托他给自己绍介绍介，去进自由党。假洋鬼子回来时，向秀才讨还了四块洋钱，秀才便有一块银桃子挂在大襟上了；未庄人都惊服，说这

---

① "黄伞格" 一种写信格式。在八行竖写的信纸上，每行都有颂扬或表示敬意的语句，这些语句都抬头写，但不写到底，近中央处的一行写受信人的名号，更加抬高一格，下面的字也多一些，这一行便矗立于两旁的短行之间，看起来像一把黄伞的伞柄。黄伞是封建时代高贵的仪仗之一，故这种写法称"黄伞格"。这样的信表示对于对方的恭敬。

是柿油党的顶子[①]，抵得一个翰林[②]；赵太爷因此也骤然大阔，远过于他儿子初隽秀才的时候，所以目空一切，见了阿Q，也就很有些不放在眼里了。

阿Q正在不平，又时时刻刻感着冷落，一听得这银桃子的传说，他立即悟出自己之所以冷落的原因了：要革命，单说投降，是不行的；盘上辫子，也不行的；第一着仍然要和革命党去结识。他生平所知道的革命党只有两个，城里的一个早已"嚓"的杀掉了，现在只剩了一个假洋鬼子。他除却赶紧去和假洋鬼子商量之外，再没有别的道路了。

钱府的大门正开着，阿Q便怯怯的躄进去。他一到里面，很吃了惊，只见假洋鬼子正站在院子的中央，一身乌黑的大约是洋衣，身上也挂着一块银桃子，手里是阿Q曾经领教过的棍子，已经留到一尺多长的辫子都拆开了披在肩背上，蓬头散发的像一个刘海仙[③]。对面挺直的站着赵白眼和三个闲人，正在必恭必敬的听说话。

阿Q轻轻的走近了，站在赵白眼的背后，心里想招呼，却不知道怎么说才好：叫他假洋鬼子固然是不行的了，洋人也不妥，革命党也

---

① 柿油党的顶子　柿油党是"自由党"的谐音，作者在《华盖集续编·阿Q正传的成因》中说："'柿油党'……原是'自由党'，乡下人不能懂，便讹成他们能懂的'柿油党'了。"顶子是清代官员帽顶上表示官阶的帽珠。这里是未庄人把自由党的徽章比作官员的"顶子"。

② 翰林　唐代以来皇帝的文学侍从的名称。明、清时代凡进士选入翰林院供职者通称翰林，担任编修国史、起草文件等工作，是一种名望较高的文职官衔。

③ 刘海仙　指五代时的刘海蟾。相传他在终南山修道成仙。流行于民间的他的画像，一般都是披着长发，前额覆有短发。

沈园孤鹤轩，气势雄伟，形制古朴

不妥，或者就应该叫洋先生了罢。

洋先生却没有见他，因为白着眼睛讲得正起劲：

“我是性急的，所以我们见面，我总是说：洪哥[①]！我们动手罢！他却总说道No[②]！——这是洋话，你们不懂的。否则早已成功了。然而这正是他做事小心的地方。他再三再四的请我上湖北，我还没有肯。谁愿意在这小县城里做事情。……”

“唔，……这个……”阿Q候他略停，终于用十二分的勇气开口了，但不知道因为什么，又并不叫他洋先生。

---

① 洪哥　大概指黎元洪。他原任清朝新军第二十一混成协的协统（相当于以后的旅长），一九一一年武昌起义时，被拉出来担任革命军的鄂军都督。他并未参与武昌起义的筹划。

② No　英语：“不”的意思。

听着说话的四个人都吃惊的回顾他。洋先生也才看见：

“什么？”

“我……”

“出去！”

“我要投……”

“滚出去！”洋先生扬起哭丧棒来了。

赵白眼和闲人们便都吆喝道：“先生叫你滚出去，你还不听么！”

阿Q将手向头上一遮，不自觉的逃出门外；洋先生倒也没有追。他快跑了六十多步，这才慢慢的走，于是心里便涌起了忧愁：洋先生不准他革命，他再没有别的路；从此决不能望有白盔白甲的人来叫他，他所有的抱负，志向，希望，前程，全被一笔勾销了。至于闲人们传扬开去，给小D王胡等辈笑话，倒是还在其次的事。

他似乎从来没有经验过这样的无聊。他对于自己的盘辫子，仿佛也觉得无意味，要侮蔑；为报仇起见，很想立刻放下辫子来，但也没有竟放。他游到夜间，赊了两碗酒，喝下肚去，渐渐的高兴起来了，思想里才又出现白盔白甲的碎片。

有一天，他照例的混到夜深，待酒店要关门，才踱回土谷祠去。

拍，吧～～！

他忽而听得一种异样的声音，又不是爆竹。阿Q本来是爱看热闹，爱管闲事的，便在暗中直寻过去。似乎前面有些脚步声；他正听，猛然间一个人从对面逃来了。阿Q一看见，便赶紧翻身跟着逃。那人转弯，阿Q也转弯，既转弯，那人站住了，阿Q也站住。他看后面并无什么，看那人便是小D。

“什么？”阿Q不平起来了。

“赵……赵家遭抢了！”小D气喘吁吁的说。

阿Q的心怦怦的跳了。小D说了便走；阿Q却逃而又停的两三回。但他究竟是做过“这路生意”的人，格外胆大，于是躄出路角，仔细的听，似乎有些嚷嚷，又仔细的看，似乎许多白盔白甲的人，络绎的将箱子抬出了，器具抬出了，秀才娘子的宁式床也抬出了，但是不分明，他还想上前，两只脚却没有动。

这一夜没有月，未庄在黑暗里很寂静，寂静到像羲皇[①]时候一般太平。阿Q站着看到自己发烦，也似乎还是先前一样，在那里来来往往的搬，箱子抬出了，器具抬出了，秀才娘子的宁式床也抬出了，……抬得他自己有些不信他的眼睛了。但他决计不再上前，却回到自己的祠里去了。

土谷祠里更漆黑；他关好大门，摸进自己的屋子里。他躺了好一会，这才定了神，而且发出关于自己的思想来：白盔白甲的人明明到了，并不来打招呼，搬了许多好东西，又没有自己的份，——这全是假洋鬼子可恶，不准我造反，否则，这次何至于没有我的份呢？阿Q越想越气，终于禁不住满心痛恨起来，毒毒的点一点头：“不准我造反，只准你造反？妈妈的假洋鬼子，——好，你造反！造反是杀头的罪名呵，我总要告一状，看你抓进县里去杀头，——满门抄斩，——嚓！嚓！”

---

① **羲皇** 指伏羲氏。传说中我国上古时代的帝王。他的时代过去曾被形容为太平盛世。

第九章　大团圆

赵家遭抢之后，未庄人大抵很快意而且恐慌，阿Q也很快意而且恐慌。但四天之后，阿Q在半夜里忽被抓进县城里去了。那时恰是暗夜，一队兵，一队团丁，一队警察，五个侦探，悄悄地到了未庄，乘昏暗围住土谷祠，正对门架好机关枪；然而阿Q不冲出。许多时没有动静，把总焦急起来了，悬了二十千的赏，才有两个团丁冒了险，踰垣进去，里应外合，一拥而入，将阿Q抓出来；直待擒出祠外面的机关枪左近，他才有些清醒了。

到进城，已经是正午，阿Q见自己被搀进一所破衙门，转了五六个弯，便推在一间小屋里。他刚刚一跄踉，那用整株的木料做成的栅栏门便跟着他的脚跟阖上了，其余的三面都是墙壁，仔细看时，屋角上还有两个人。

阿Q虽然有些忐忑，却并不很苦闷，因为他那土谷祠里的卧室，也并没有比这间屋子更高明。那两个也仿佛是乡下人，渐渐和他兜搭起来了，一个说是举人老爷要追他祖父欠下来的陈租，一个不知道为了什么事。他们问阿Q，阿Q爽利的答道，“因为我想造反。”

他下半天便又被抓出栅栏门去了，到得大堂，上面坐着一个满头剃得精光的老头子。阿Q疑心他是和尚，但看见下面站着一排兵，两旁又站着十几个长衫人物，也有满头剃得精光像这老头子的，也有将一尺来长的头发披在背后像那假洋鬼子的，都是一脸横肉，怒目而视的看他；他便知道这人一定有些来历，膝关节立刻自然而然的宽松，便跪了下去了。

“站着说！不要跪！”长衫人物都吆喝说。

阿Q虽然似乎懂得，但总觉得站不住，身不由己的蹲了下去，而且终于趁势改为跪下了。

“奴隶性！……”长衫人物又鄙夷似的说，但也没有叫他起来。

“你从实招来罢，免得吃苦。我早都知道了。招了可以放你。”那光头的老头子看定了阿Q的脸，沉静的清楚的说。

“招罢！”长衫人物也大声说。

“我本来要……来投……”阿Q胡里胡涂的想了一通，这才断断续续的说。

沈园冷翠亭

越国古迹越王台，是为纪念越王勾践卧薪尝胆而建

“那么，为什么不来的呢？”老头子和气的问。

“假洋鬼子不准我！”

“胡说！此刻说，也迟了。现在你的同党在那里？”

“什么？……”

“那一晚打劫赵家的一伙人。”

“他们没有来叫我。他们自己搬走了。”阿Q提起来便愤愤。

“走到那里去了呢？说出来便放你了。”老头子更和气了。

“我不知道，……他们没有来叫我……”

然而老头子使了一个眼色，阿Q便又被抓进栅栏门里了。他第二次抓出栅栏门，是第二天的上午。

大堂的情形都照旧。上面仍然坐着光头的老头子，阿Q也仍然下了跪。

气宇轩昂的越王殿，中立越王勾践、大夫文种、范蠡三尊石刻塑像

老头子和气的问道，“你还有什么话说么？”

阿Q一想，没有话，便回答说，“没有。”

于是一个长衫人物拿了一张纸，并一支笔送到阿Q的面前，要将笔塞在他手里。阿Q这时很吃惊，几乎“魂飞魄散”了：因为他的手和笔相关，这回是初次。他正不知怎样拿；那人却又指着一处地方教他画花押。

“我……我……不认得字。”阿Q一把抓住了笔，惶恐而且惭愧的说。

“那么，便宜你，画一个圆圈！”

阿Q要画圆圈了，那手捏着笔却只是抖。于是那人替他将纸铺在地上，阿Q伏下去，使尽了平生的力画圆圈。他生怕被人笑话，立志要画得圆，但这可恶的笔不但很沉重，并且不听话，刚刚一抖一抖的几乎要合缝，却又向外一耸，画成瓜子模样了。

鲁迅故居门口

阿Q正羞愧自己画得不圆，那人却不计较，早已掣了纸笔去，许多人又将他第二次抓进栅栏门。

他第二次进了栅栏，倒也并不十分懊恼。他以为人生天地之间，大约本来有时要抓进抓出，有时要在纸上画圆圈的，惟有圈而不圆，却是他“行状”上的一个污点。但不多时也就释然了，他想：孙子才画得很圆的圆圈呢。于是他睡着了。

然而这一夜，举人老爷反而不能睡：他和把总呕了气了。举人老爷主张第一要追赃，把总主张第一要示众。把总近来很不将举人老爷放在眼里了，拍案打叙的说道，“惩一儆百！你看，我做革命党还不上二十天，抢案就是十几件，全不破案，我的面子在那里？破了案，你又来迂。不成！这是我管的！”举人老爷窘急了，然而还坚持，说是倘若不追赃，他便立刻辞了帮办民政的职务。而把总却道，“请便罢！”于是举人老爷在这一夜竟没有睡，但幸而第二天倒也没有辞。

阿Q第三次抓出栅栏门的时候，便是举人老爷睡不着的那一夜的明天的上午了。他到了大堂，上面还坐着照例的光头老头子；阿Q也照例的下了跪。

老头子很和气的问道，“你还有什么话么？”

阿Q一想，没有话，便回答说，“没有。”

许多长衫和短衫人物，忽然给他穿上一件洋布的白背心，上面有些黑字。阿Q很气苦：因为这很像是带孝，而带孝是晦气的。然而同时他的两手反缚了，同时又被一直抓出衙门外去了。

阿Q被抬上了一辆没有篷的车，几个短衣人物也和他同坐在一处。这车立刻走动了，前面是一班背着洋炮的兵们和团丁，两旁是许多张着嘴的看客，后面怎样，阿Q没有见。但他突然觉到了：这岂不是去杀头么？他一急，两眼发黑，耳朵里嗡的一声，似乎发昏了。然而他又没有全发昏，有时虽然着急，有时却也泰然；他意思之间，似乎觉得人生天地间，大约本来有时也未免要杀头的。

他还认得路，于是有些诧异了：怎么不向着法场走呢？他不知道这是在游街，在示众。但即使知道也一样，他不过便以为人生天地间，大约本来有时也未免要游街要示众罢了。

他省悟了，这是绕到法场去的路，这一定是“嚓”的去杀头。他

周家喜庆洞房

通往百草园过道上的窗子

惘惘的向左右看，全跟着马蚁似的人，而在无意中，却在路旁的人丛中发见了一个吴妈。很久违，伊原来在城里做工了。阿Q忽然很羞愧自己没志气：竟没有唱几句戏。他的思想仿佛旋风似的在脑里一回旋：《小孤孀上坟》欠堂皇，《龙虎斗》里的“悔不该……”也太乏，还是“手执钢鞭将你打”罢。他同时想将手一扬，才记得这两手原来都捆着，于是“手执钢鞭”也不唱了。

“过了二十年又是一个……”阿Q在百忙中，“无师自通”的说出半句从来不说的话。

“好！！！”从人丛里，便发出豺狼的嗥叫一般的声音来。

车子不住的前行，阿Q在喝采声中，轮转眼睛去看吴妈，似乎伊一向并没有见他，却只是出神的看着兵们背上的洋炮。

阿Q于是再看那些喝采的人们。

这刹那中，他的思想又仿佛旋风似的在脑里一回旋了。四年之前，他曾在山脚下遇见一只饿狼，永是不近不远的跟定他，要吃他的肉。他那时吓得几乎要死，幸而手里有一柄斫柴刀，才得仗这壮了胆，支持到未庄；可是永远记得那狼眼睛，又凶又怯，闪闪的像两颗鬼火，似乎远远的来穿透了他的皮肉。而这回他又看见从来没有见过的更可怕的眼睛了，又钝又锋利，不但已经咀嚼了他的话，并且还要咀嚼他皮肉以外的东西，永是不远不近的跟他走。

这些眼睛们似乎连成一气，已经在那里咬他的灵魂。

“救命，……”

然而阿Q没有说。他早就两眼发黑，耳朵里嗡的一声，觉得全身仿佛微尘似的迸散了。

至于当时的影响，最大的倒反在举人老爷，因为终于没有追赃，他全家都号咷了。其次是赵府，非特秀才因为上城去报官，被不好的革命党剪了辫子，而且又破费了二十千的赏钱，所以全家也号咷了。从这一天以来，他们便渐渐的都发生了遗老的气味。

至于舆论，在未庄是无异议，自然都说阿Q坏，被枪毙便是他的坏的证据；不坏又何至于被枪毙呢？而城里的舆论却不佳，他们多半不满足，以为枪毙并无杀头这般好看；而且那是怎样的一个可笑的死囚呵，游了那么久的街，竟没有唱一句戏：他们白跟一趟了。

一九二一年十二月。

石板路已被行人的脚步磨得光滑如玉

祝福[1]

① 本篇最初发表于一九二四年三月二十五日上海《东方杂志》半月刊第二十一卷第六号。

拱桥上的对立石狮

旧历的年底毕竟最像年底，村镇上不必说，就在天空中也显出将到新年的气象来。灰白色的沉重的晚云中间时时发出闪光，接着一声钝响，是送灶[①]的爆竹；近处燃放的可就更强烈了，震耳的大音还没

相传两千多年前，秦始皇东巡，于此地供刍草，后人相继凿山采石，遂成悬崖峭壁和深潭

① 送灶　旧俗以夏历十二月二十四日为灶神升天的日子，在这一天或前一天祭送灶神，称为送灶。

有息，空气里已经散满了幽微的火药香。我是正在这一夜回到我的故乡鲁镇的。虽说故乡，然而已没有家，所以只得暂寓在鲁四老爷的宅子里。他是我的本家，比我长一辈，应该称之曰“四叔”，是一个讲理学的老监生①。他比先前并没有什么大改变，单是老了些，但也还未留胡子，一见面是寒暄，寒暄之后说我“胖了”，说我“胖了”之后即大骂其新党②。但我知道，这并非借题在骂我：因为他所骂的还是康有为③。但是，谈话是总不投机的了，于是不多久，我便一个人剩在书房里。

第二天我起得很迟，午饭之后，出去看了几个本家和朋友；第三天也照样。他们也都没有什么大改变，单是老了些；家中却一律忙，都在准备着“祝福”④。这是鲁镇年终的大典，致敬尽礼，迎接福神，拜求来年一年中的好运气的。杀鸡，宰鹅，买猪肉，用心细细的洗，

---

① 理学　又称道学，是宋代周敦颐、程颢、程颐、朱熹等人阐释儒家学说而形成的唯心主义思想体系。它认为“理”是宇宙的本体，把“三纲五常”等封建伦理道德说成是“天理”，提出“存天理，灭人欲”的主张。监生，国子监生员的简称。国子监原是封建时代中央最高学府，清代乾隆以后可以通过援例捐资取得监生名义，不一定在监读书。

② 新党　清末对主张或倾向维新的人的称呼；辛亥革命前后，也用来称呼革命党人及拥护革命的人。

③ 康有为（一八五八年至一九二七年）　字广厦，号长素，广东南海人，清末维新运动领袖。他主张“变法维新”，改君主专制为君主立宪。一八九八年他与谭嗣同、梁启超等受光绪皇帝任用，参预政事，试行变法，因遭到以慈禧太后为首的地主阶级顽固派的激烈反对而失败。康有为在变法失败后逃亡国外，组织保皇党，反对孙中山领导的民主革命运动；辛亥革命后又联络军阀张勋扶植清废帝溥仪复辟。

④ “祝福”　旧时江南一带每年年终的一种迷信习俗。清代范寅《越谚·风俗》载：“祝福，岁暮谢年，谢神祖，名此。”

绍兴元代称绍兴路，明清为绍兴府，统辖八县，这里的古城池便是漫长岁月的见证

女人的臂膊都在水里浸得通红，有的还带着绞丝银镯子。煮熟之后，横七竖八的插些筷子在这类东西上，可就称为“福礼”了，五更天陈列起来，并且点上香烛，恭请福神们来享用；拜的却只限于男人，拜完自然仍然是放爆竹。年年如此，家家如此，——只要买得起福礼和爆竹之类的，——今年自然也如此。天色愈阴暗了，下午竟下起雪来，雪花大的有梅花那么大，满天飞舞，夹着烟霭和忙碌的气色，将鲁镇乱成一团糟。我回到四叔的书房里时，瓦楞上已经雪白，房里也映得较光明，极分明的显出壁上挂着的朱拓①的大“壽”字，陈抟②老祖写的；一边的对联已经脱落，松松的卷了放在长桌上，一边的

① 朱拓 用银朱等红颜料从碑刻上拓下的文字或图形。

② 陈抟 据《宋史·隐逸列传》载：陈抟是五代时人，因科举不第，先后隐居武当山和华山修道。后人把他附会为“神仙”。

还在，道是“事理通达心气和平”[①]。我又无聊赖的到窗下的案头去一翻，只见一堆似乎未必完全的《康熙字典》，一部《近思录集注》和一部《四书衬》[②]。无论如何，我明天决计要走了。

况且，一想到昨天遇见祥林嫂的事，也就使我不能安住。那是下午，我到镇的东头访过一个朋友，走出来，就在河边遇见她；而且见她瞪着的眼睛的视线，就知道明明是向我走来的。我这回在鲁镇所见的人们中，改变之大，可以说无过于她的了：五年前的花白的头发，即今已经全白，全不像四十上下的人；脸上瘦削不堪，黄中带黑，而且消尽了先前悲哀的神色，仿佛是木刻似的；只有那眼珠间或一轮，还可以表示她是一个活物。她一手提着竹篮，内中一个破碗，空的；一手拄着一支比她更长的竹竿，下端开了裂：她分明已经纯乎是一个乞丐了。

我就站住，豫备她来讨钱。

“你回来了？”她先这样问。

“是的。”

“这正好。你是识字的，又是出门人，见识得多。我正要问你一

---

① “事理通达心气和平” 语出朱熹《论语集注》。朱熹在《季氏》篇中“不学诗无以言”和“不学礼无以立”语下分别注云，“事理通达而心气和平，故能言”；“品节详明而德性坚定，故能立”。

② 《康熙字典》 清代康熙年间张玉书、陈廷敬等奉旨编纂的一部大型字典，康熙五十五年（一七一六年）刊行。《近思录》，是一部所谓理学入门书，宋代朱熹、吕祖谦选录周敦颐、程颢、程颐以及张载四人的文字编成，共十四卷。清初茅星来和江永分别为它作过集注。《四书衬》，清代骆培著，是一部解说“四书”（《论语》、《孟子》、《大学》、《中庸》）的书。

件事——”她那没有精采的眼睛忽然发光了。

我万料不到她却说出这样的话来，诧异的站着。

“就是——”她走近两步，放低了声音，极秘密似的切切的说，“一个人死了之后，究竟有没有魂灵的？”

我很悚然，一见她的眼钉着我的，背上也就遭了芒刺一般，比在学校里遇到不及豫防的临时考，教师又偏是站在身旁的时候，惶急得多了。对于魂灵的有无，我自己是向来毫不介意的；但在此刻，怎样回答她好呢？我在极短期的踌躕中，想，这里的人照例相信鬼，然而她，却疑惑了，——或者不如说希望：希望其有，又希望其无……。

清清河水拱形桥，茶楼饭庄[illegible]在闪闪发光的河道中

人何必增添末路的人的苦恼，为她起见，不如说有罢。

“也许有罢，——我想。”我于是吞吞吐吐的说。

“那么，也就有地狱了？”

“阿！地狱？”我很吃惊，只得支梧着，“地狱？——论理，就该也有。——然而也未必，……谁来管这等事……。”

“那么，死掉的一家的人，都能见面的？”

“唉唉，见面不见面呢？……”这时我已知道自己也还是完全一个愚人，什么踌躕，什么计画，都挡不住三句问。我即刻胆怯起来了，便想全翻过先前的话来，“那是，……实在，我说不清……。其实，究竟有没有魂灵，我也说不清。”

我乘她不再紧接的问，迈开步便走，匆匆的逃回四叔的家中，心里很觉得不安逸。自己想，我这答话怕于她有些危险。她大约因为在别人的祝福时候，感到自身的寂寞了，然而会不会含有别的什么意思的呢？——或者是有了什么豫感了？倘有别的意思，又因此发生别的事，则我的答话委实该负若干的责任……。但随后也就自笑，觉得偶尔的事，本没有什么深意义，而我偏要细细推敲，正无怪教育家要说是生着神经病；而况明明说过“说不清”，已经推翻了答话的全局，即使发生什么事，于我也毫无关系了。

“说不清”是一句极有用的话。不更事的勇敢的少年，往往敢于给人解决疑问，选定医生，万一结果不佳，大抵反成了怨府，然而一用这说不清来作结束，便事事逍遥自在了。我在这时，更感到这一句话的必要，即使和讨饭的女人说话，也是万不可省的。

但是我总觉得不安，过了一夜，也仍然时时记忆起来，仿佛怀着什么不祥的豫感；在阴沉的雪天里，在无聊的书房里，这不安愈加强烈了。不如走罢，明天进城去。福兴楼的清燉鱼翅，一元一大盘，价廉物美，现在不知增价了否？往日同游的朋友，虽然已经云散，然而鱼翅是不可不吃的，即使只有我一个……。无论如何，我明天决计要走了。

我因为常见些但愿不如所料，以为未必竟如所料的事，却每每恰如所料的起来，所以很恐怕这事也一律。果然，特别的情形开始了。傍晚，我竟听到有些人聚在内室里谈话，仿佛议论什么事似的，但不一会，说话声也就止了，只有四叔且走而且高声的说：

“不早不迟，偏偏要在这时候，——这就可见是一个谬种！”

我先是诧异，接着是很不安，似乎这话于我有关系。试望门外，谁也没有。好容易待到晚饭前他们的短工来冲茶，我才得了打听消息的机会。

“刚才，四老爷和谁生气呢？”我问。

“还不是和祥林嫂？”那短工简捷的说。

“祥林嫂？怎么了？”我又赶紧的问。

“老了。”

“死了？”我的心突然紧缩，几乎跳起来，脸上大约也变了色。但他始终没有抬头，所以全不觉。我也就镇定了自己，接着问：

“什么时候死的？”

“什么时候？——昨天夜里，或者就是今天罢。——我说不清。”

“怎么死的？”

“怎么死的？——还不是穷死的？”他淡然的回答，仍然没有抬

始建于明代天启二年（一六二二年）的太平桥，是拱桥与高低石梁桥相结合的多跨桥的代表，横卧柯桥镇以西的运河上。拱桥上石栏雕刻精湛，对立石狮栩栩如生。一些以鲁迅作品为题材的影片，如《阿Q正传》、《祝福》等，都曾在桥旁古纤道拍摄

头向我看，出去了。

然而我的惊惶却不过暂时的事，随着就觉得要来的事，已经过去，并不必仰仗我自己的“说不清”和他之所谓“穷死的”的宽慰，心地已经渐渐轻松；不过偶然之间，还似乎有些负疚。晚饭摆出来了，四叔俨然的陪着。我也还想打听些关于祥林嫂的消息，但知道他虽然读过“鬼神者二气之良能也”[①]，而忌讳仍然极多，当临近祝福时候，是万不可提起死亡疾病之类的话的；倘不得已，就该用一种替代的隐语，可惜我又不知道，因此屡次想问，而终于中止了。我从他俨然的脸色上，又忽而疑他正以为我不早不迟，偏要在这时候来打

① “鬼神者二气之良能也” 语见宋代张载的《张子全书·正蒙》，也见《近思录》。意思是：鬼神是阴阳二气自然变化而成的。

搅他，也是一个谬种，便立刻告诉他明天要离开鲁镇，进城去，趁早放宽了他的心。他也不很留。这样闷闷的吃完了一餐饭。

拱桥上石栏雕刻

冬季日短，又是雪天，夜色早已笼罩了全市镇。人们都在灯下匆忙，但窗外很寂静。雪花落在积得厚厚的雪褥上面，听去似乎瑟瑟有声，使人更加感得沉寂。我独坐在发出黄光的菜油灯下，想，这百无聊赖的祥林嫂，被人们弃在尘芥堆中的，看得厌倦了的陈旧的玩物，先前还将形骸露在尘芥里，从活得有趣的人们看来，恐怕要怪讶她何以还要存在，现在总算被无常[①]打扫得干干净净了。魂灵的有无，我不知道；然而在现世，则无聊生者不生，即使厌见者不见，为人为己，也还都不错。我静听着窗外似乎瑟瑟作响的雪花声，一面想，反而渐渐的舒畅起来。

然而先前所见所闻的她的半生事迹的断片，至此也联成一片了。

她不是鲁镇人。有一年的冬初，四叔家里要换女工，做中人的卫老婆子带她进来了，头上国着白头绳，乌裙，蓝夹袄，月白背心，年纪大约二十六七，脸色青黄，但两颊却还是红的。卫老婆子叫她祥林嫂，说是自己母家的邻舍，死了当家人，所以出来做工了。四叔皱了皱眉，四婶已经知道了她的意思，是在讨厌她是一个寡妇。但看她模

① 无常　佛家语，原指世间一切事物都在变异灭坏的过程中；后引申为死的意思，也用作迷信传说中“勾魂使者”的名称。

样还周正，手脚都壮大，又只是顺着眼，不开一句口，很像一个安分耐劳的人，便不管四叔的皱眉，将她留下了。试工期内，她整天的做，似乎闲着就无聊，又有力，简直抵得过一个男子，所以第三天就定局，每月工钱五百文。

大家都叫她祥林嫂；没问她姓什么，但中人是卫家山人，既说是邻居，那大概也就姓卫了。她不很爱说话，别人问了才回答，答的也不多。直到十几天之后，这才陆续的知道她家里还有严厉的婆婆；一个小叔子，十多岁，能打柴了；她是春天没了丈夫的；他本来也打柴为生，比她小十岁：大家所知道的就只是这一点。

日子很快的过去了，她的做工却毫没有懈，食物不论，力气是不惜的。人们都说鲁四老爷家里雇着了女工，实在比勤快的男人还勤

手摇水车

快。到年底，扫尘，洗地，杀鸡，宰鹅，彻夜的煮福礼，全是一人担当，竟没有添短工。然而她反满足，口角边渐渐的有了笑影，脸上也白胖了。

新年才过，她从河边淘米回来时，忽而失了色，说刚才远远地看见一个男人在对岸徘徊，很像夫家的堂伯，恐怕是正为寻她而来的。四婶很惊疑，打听底细，她又不说。四叔一知道，就皱一皱眉，道：

“这不好。恐怕她是逃出来的。”

她诚然是逃出来的，不多久，这推想就证实了。

此后大约十几天，大家正已渐渐忘却了先前的事，卫老婆子忽而带了一个三十多岁的女人进来了，说那是祥林嫂的婆婆。那女人虽是山里人模样，然而应酬很从容，说话也能干，寒暄之后，就赔罪，说她特来叫她的儿媳回家去，因为开春事务忙，而家中只有老的和小的，人手不够了。

“既是她的婆婆要她回去，那有什么话可说呢。”四叔说。

于是算清了工钱，一共一千七百五十文，她全存在主人家，一文也还没有用，便都交给她的婆婆。那女人又取了衣服，道过谢，出去了。其时已经是正午。

“阿呀，米呢？祥林嫂不是去淘米的么？……”好一会，四婶这才惊叫起来。她大约有些饿，记得午饭了。

于是大家分头寻淘箩。她先到厨下，次到堂前，后到卧房，全不见淘箩的影子。四叔踱出门外，也不见，直到河边，才见平平正正的放在岸上，旁边还有一株菜。

看见的人报告说，河里面上午就泊了一只白篷船，篷是全盖起来

距今已有四百多年历史的朱公桥，静卧安昌镇北河面。桥面由巨型花岗岩条石铺就，两边石桥路各延伸五六百米，在江南地区绝无仅有。桥面石板已被行人的脚步磨得光滑如玉

的，不知道什么人在里面，但事前也没有人去理会他。待到祥林嫂出来淘米，刚刚要跪下去，那船里便突然跳出两个男人来，像是山里人，一个抱住她，一个帮着，拖进船去了。祥林嫂还哭喊了几声，此后便再没有什么声息，大约给用什么堵住了罢。接着就走上两个女人来，一个不认识，一个就是卫婆子。窥探舱里，不很分明，她像是捆了躺在船板上。

“可恶！然而……。”四叔说。

这一天是四婶自己煮午饭；他们的儿子阿牛烧火。

午饭之后，卫老婆子又来了。

“可恶！”四叔说。

“你是什么意思？亏你还会再来见我们。”四婶洗着碗，一见面就愤愤的说，“你自己荐她来，又合伙劫她去，闹得沸反盈天的，大家看了成个什么样子？你拿我们家里开玩笑么？”

“阿呀阿呀，我真上当。我这回，就是为此特地来说说清楚的。她来求我荐地方，我那里料得到是瞒着她的婆婆的呢。对不起，四老爷，四太太。总是我老发昏不小心，对不起主顾。幸而府上是向来宽洪大量，不肯和小人计较的。这回我一定荐一个好的来折罪……。”

“然而……。”四叔说。

于是祥林嫂事件便告终结，不久也就忘却了。

只有四婶，因为后来雇用的女工，大抵非懒即馋，或者馋而且懒，左右不如意，所以也还提起祥林嫂。每当这些时候，她往往自言自语的说，“她现在不知道怎么样了？”意思是希望她再来。但到第二年的新正，她也就绝了望。

新正将尽，卫老婆子来拜年了，已经喝得醉醺醺的，自说因为回了一趟卫家山的娘家，住下几天，所以来得迟了。她们问答之间，自然就谈到祥林嫂。

“她么？”卫老婆子高兴的说，“现在是交了好运了。她婆婆来抓她回去的时候，是早已许给了贺家墺的贺老六的，所以回家之后不几天，也就装在花轿里抬去了。”

“阿呀，这样的婆婆！……”四婶惊奇的说。

“阿呀，我的太太！你真是大户人家的太太的话。我们山里人，小户人家，这算得什么？她有小叔子，也得娶老婆。不嫁了她，那有这一注钱来做聘礼？她的婆婆倒是精明强干的女人呵，很有打算，所以就将她嫁到里山去。倘许给本村人，财礼就不多；惟独肯嫁进深山野墺里去的女人少，所以她就到手了八十千[①]。现在第二个儿子的媳妇也娶进了，财礼只花了五十，除去办喜事的费用，还剩十多千。吓，你看，这多么好打算？……”

“祥林嫂竟肯依？……”

“这有什么依不依。——闹是谁也总要闹一闹的；只要用绳子一捆，塞在花轿里，抬到男家，捺上花冠，拜堂，关上房门，就完事了。可是祥林嫂真出格，听说那时实在闹得利害，大家还都说大约因为在念书人家做过事，所以与众不同呢。太太，我们见得多了：回头人出嫁，哭喊的也有，说要寻死觅活的也有，抬到男家闹得拜不成天地的也有，连花烛都砸了的也有。祥林嫂可是异乎寻常，他们说她一路只是嚎，骂，抬到贺家墺，喉咙已经全哑了。拉出轿来，两个男人和她的小叔子使劲的擒住她也还拜不成天地。他们一不小心，一松手，阿呀，阿弥陀佛，她就一头撞在香案角上，头上碰了一个大窟窿，鲜血直流，用了两把香灰，包上两块红布还止不住血呢。直到七手八脚的将她和男人反关在新房里，还是骂，阿呀呀，这真是……。”她摇一摇头，顺下眼睛，不说了。

“后来怎么样呢？”四婶还问。

“听说第二天也没有起来。”她抬起眼来说。

---

① 八十千　旧时以一千文钱为一贯或一吊，所以几千文钱也称为几贯或几吊，但也有些地方直称为多少千。八十千即八十吊。

包公殿

“后来呢？”

“后来？——起来了。她到年底就生了一个孩子，男的，新年就两岁了。我在娘家这几天，就有人到贺家墺去，回来说看见他们娘儿俩，母亲也胖，儿子也胖；上头又没有婆婆；男人所有的是力气，会做活；房子是自家的。——唉唉，她真是交了好运了。”

从此之后，四婶也就不再提起祥林嫂。

但有一年的秋季，大约是得到祥林嫂好运的消息之后的又过了两个新年，她竟又站在四叔家的堂前了。桌上放着一个荸荠式的圆篮，檐下一个小铺盖。她仍然头上国着白头绳，乌裙，蓝夹袄，月白背心，脸色青黄，只是两颊上已经消失了血色，顺着眼，眼角上带些泪痕，眼光也没有先前那样精神了。而且仍然是卫老婆子领着，显出慈悲模样，絮絮的对四婶说：

“……这实在是叫作‘天有不测风云’，她的男人是坚实人，谁知道年纪青青，就会断送在伤寒上？本来已经好了的，吃了一碗冷饭，复发了。幸亏有儿子；她又能做，打柴摘茶养蚕都来得，本来还可以守着，谁知道那孩子又会给狼衔去的呢？春天快完了，村上倒反来了狼，谁料到？现在她只剩了一个光身了。大伯来收屋，又赶她。她真是走投无路了，只好来求老主人。好在她现在已经再没有什么牵挂，太太家里又凑巧要换人，所以我就领她来。—我想，熟门熟路，比生手实在好得多……。”

“我真傻，真的，”祥林嫂抬起她没有神采的眼睛来，接着说。“我单知道下雪的时候野兽在山坳里没有食吃，会到村里来；我不知道春天也会有。我一清早起来就开了门，拿小篮盛了一篮豆，叫我们的阿毛坐在门槛上剥豆去。他是很听话的，我的话句句听；他出去了。我就在屋后劈柴，淘米，米下了锅，要蒸豆。我叫阿毛，没有应，出去一看，只见豆撒得一地，没有我们的阿毛了。他是不到别家去玩的；各处去一问，果然没有。我急了，央人出去寻。直到下半天，寻来寻去寻到山坳里，看见刺柴上挂着一只他的小鞋。大家都说，糟了，怕是遭了狼了。再进去；他果然躺在草窠里，肚里的五脏已经都给吃空了，手上还紧紧的捏着那只小篮呢。……”她接着但是呜咽，说不出成句的话来。

四婶起初还踌躕，待到听完她自己的话，眼圈就有些红了。她想了一想，便教拿圆篮和铺盖到下房去。卫老婆子仿佛卸了一肩重担似的嘘一口气；祥林嫂比初来时候神气舒畅些，不待指引，自己驯熟的安放了铺盖。她从此又在鲁镇做女工了。

大家仍然叫她祥林嫂。

然而这一回，她的境遇却改变得非常大。上工之后的两三天，主人们就觉得她手脚已没有先前一样灵活，记性也坏得多，死尸似的脸上又整日没有笑影，四婶的口气上，已颇有些不满了。当她初到的时候，四叔虽然照例皱过眉，但鉴于向来雇用女工之难，也就并不大反对，只是暗暗地告诫四婶说，这种人虽然似乎很可怜，但是败坏风俗的，用她帮忙还可以，祭祀时候可用不着她沾手，一切饭菜，只好自己做，否则，不干不净，祖宗是不吃的。

四叔家里最重大的事件是祭祀，祥林嫂先前最忙的时候也就是祭祀，这回她却清闲了。桌子放在堂中央，系上桌帏，她还记得照旧的去分配酒杯和筷子。

“祥林嫂，你放着罢！我来摆。”四婶慌忙的说。

她讪讪的缩了手，又去取烛台。

“祥林嫂，你放着罢！我来拿。”四婶又慌忙的说。

她转了几个圆圈，终于没有事情做，只得疑惑的走开。她在这一天可做的事是不过坐在灶下烧火。

镇上的人们也仍然叫她祥林嫂，但音调和先前很不同；也还和她讲话，但笑容却冷冷的了。她全不理会那些事，只是直着眼睛，和大家讲她自己日夜不忘的故事：

“我真傻，真的，”她说。“我单知道雪天是野兽在深山里没有食吃，会到村里来；我不知道春天也会有。我一大早起来就开了门，拿小篮盛了一篮豆，叫我们的阿毛坐在门槛上剥豆去。他是很听话的孩子，我的话句句听；他就出去了。我就在屋后劈柴，淘米，米下了锅，打算蒸豆。我叫，‘阿毛！’没有应。出去一看，只见豆撒得满地，没有我们的阿毛了。各处去一问，都没有。我急了，央人去寻去。直到下半天，几个人寻到山墺里，看见刺柴上挂着一只他的小鞋。大家都说，完了，怕是遭了狼了。再进去；果然，他躺在草窠里，肚里的五脏已经都给吃空了，可怜他手里还紧紧的捏着那只小篮呢。……”她于是淌下眼泪来，声音也呜咽了。

这故事倒颇有效，男人听到这里，往往敛起笑容，没趣的走了开去；女人们却不独宽恕了她似的，脸上立刻改换了鄙薄的神气，还要陪出许多眼泪来。有些老女人没有在街头听到她的话，便特意寻来，要听她这一段悲惨的故事。直到她说到呜咽，她们也就一齐流下那停在眼角上的眼泪，叹息一番，满足的去了，一面还纷纷的评论着。

绍兴古纤道全长75公里，始建于唐代，是中国保存得最完整的古纤道。古人铺筑纤道，是为了背纤行舟。绍兴古纤道时而临水，时而依岸，由一座座石桥连接，蜿蜒伸向水天极目之处

她就只是反复的向人说她悲惨的故事，常常引住了三五个人来听她。但不久，大家也都听得纯熟了，便是最慈悲的念佛的老太太们，眼里也再不见有一点泪的痕迹。后来全镇的人们几乎都能背诵她的话，一听到就烦厌得头痛。

“我真傻，真的，”她开首说。

“是的，你是单知道雪天野兽在深山里没有食吃，才会到村里来的。”他们立即打断她的话，走开去了。

她张着口怔怔的站着，直着眼睛看他们，接着也就走了，似乎自己也觉得没趣。但她还妄想，希图从别的事，如小篮，豆，别人的孩子上，引出她的阿毛的故事来。倘一看见两三岁的小孩子，她就说：

“唉唉，我们的阿毛如果还在，也就有这么大了。……”

孩子看见她的眼光就吃惊，牵着母亲的衣襟催她走。于是又只剩下她一个，终于没趣的也走了。后来大家又都知道了她的脾气，只要有孩子在眼前，便似笑非笑的先问她，道：

“祥林嫂，你们的阿毛如果还在，不是也就有这么大了么？”

她未必知道她的悲哀经大家咀嚼赏鉴了许多天，早已成为渣滓，只值得烦厌和唾弃；但从人们的笑影上，也仿佛觉得这又冷又尖，自己再没有开口的必要了。她单是一瞥他们，并不回答一句话。

鲁镇永远是过新年，腊月二十以后就忙起来了。四叔家里这回须雇男短工，还是忙不过来，另叫柳妈做帮手，杀鸡，宰鹅；然而柳妈是善女人[1]，吃素，不杀生的，只肯洗器皿。祥林嫂除烧火之外，没

① 善女人　佛家语，指信佛的女人。

有别的事，却闲着了，坐着只看柳妈洗器皿。微雪点点的下来了。

“唉唉，我真傻，”祥林嫂看了天空，叹息着，独语似的说。

“祥林嫂，你又来了。”柳妈不耐烦的看着她的脸，说。“我问你：你额角上的伤疤，不就是那时撞坏的么？”

“唔唔。”她含胡的回答。

“我问你：你那时怎么后来竟依了呢？”

“我么？……”

卖锡箔的小摊

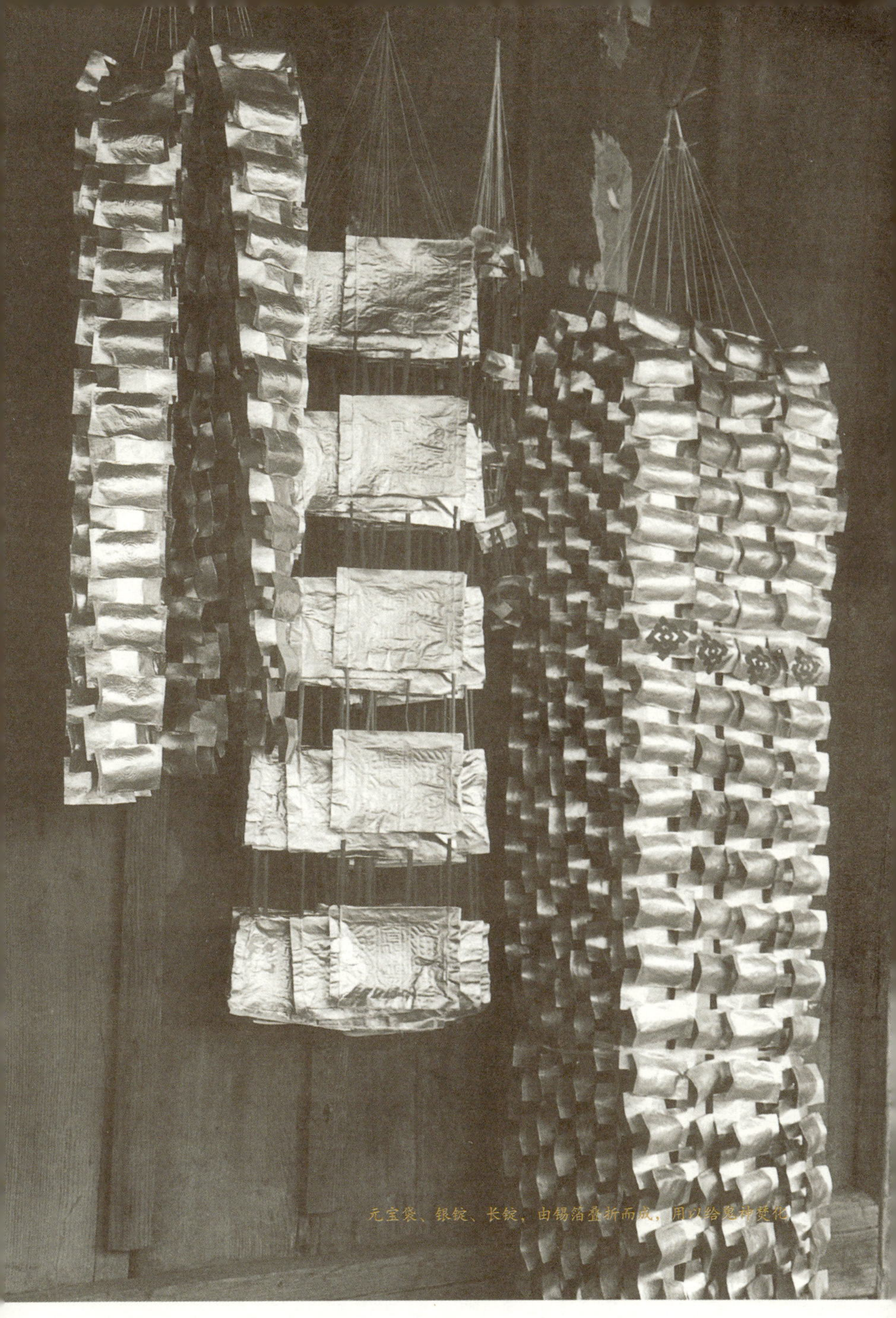

元宝袋、银锭、长锭，由锡箔叠折而成，用以给鬼神焚化

“你呀。我想：这总是你自己愿意了，不然……。”

“阿阿，你不知道他力气多么大呀。”

“我不信。我不信你这么大的力气，真会拗他不过。你后来一定是自己肯了，倒推说他力气大。”

“阿阿，你……你倒自己试试看。”她笑了。

柳妈的打皱的脸也笑起来，使她蹙缩得像一个核桃；干枯的小眼睛一看祥林嫂的额角，又钉住她的眼。祥林嫂似乎很局促了，立刻敛了笑容，旋转眼光，自去看雪花。

“祥林嫂，你实在不合算。”柳妈诡秘的说。“再一强，或者索性撞一个死，就好了。现在呢，你和你的第二个男人过活不到两年，倒落了一件大罪名。你想，你将来到阴司去，那两个死鬼的男人还要争，你给了谁好呢？阎罗大王只好把你锯开来，分给他们。我想，这真是……。”

她脸上就显出恐怖的神色来，这是在山村里所未曾知道的。

“我想，你不如及早抵当。你到土地庙里去捐一条门槛，当作你的替身，给千人踏，万人跨，赎了这一世的罪名，免得死了去受苦。”

她当时并不回答什么话，但大约非常苦闷了，第二天早上起来的时候，两眼上便都围着大黑圈。早饭之后，她便到镇的西头的土地庙里去求捐门槛。庙祝[①]起初执意不允许，直到她急得流泪，才勉强答应了。价目是大钱十二千。

她久已不和人们交口，因为阿毛的故事是早被大家厌弃了的；但

---

① **庙祝** 旧时庙宇中管理香火的人。

自从和柳妈谈了天，似乎又即传扬开去，许多人都发生了新趣味，又来逗她说话了。至于题目，那自然是换了一个新样，专在她额上的伤疤。

“祥林嫂，我问你：你那时怎么竟肯了？”一个说。

“唉，可惜，白撞了这一下。”一个看着她的疤，应和道。

她大约从他们的笑容和声调上，也知道是在嘲笑她，所以总是瞪着眼睛，不说一句话，后来连头也不回了。她整日紧闭了嘴唇，头上带着大家以为耻辱的记号的那伤痕，默默的跑街，扫地，洗菜，淘米。快够一年，她才从四婶手里支取了历来积存的工钱，换算了十二元鹰洋[①]，请假到镇的西头去。但不到一顿饭时候，她便回来，神气很舒畅，眼光也分外有神，高兴似的对四婶说，自己已经在土地庙捐了门槛了。

冬至的祭祖时节，她做得更出力，看四婶装好祭品，和阿牛将桌子抬到堂屋中央，她便坦然的去拿酒杯和筷子。

“你放着罢，祥林嫂！”四婶慌忙大声说。

她像是受了炮烙[②]似的缩手，脸色同时变作灰黑，也不再去取烛台，只是失神的站着。直到四叔上香的时候，教她走开，她才走开。这一回她的变化非常大，第二天，不但眼睛窈陷下去，连精神也更不济了。而且很胆怯，不独怕暗夜，怕黑影，即使看见人，虽是自己的主人，也总惴惴的，有如在白天出穴游行的小鼠；否则呆坐着，直是一个木偶人。不半年，头发也花白起来了，记性尤其坏，甚而至于常

---

① 鹰洋　指墨西哥银元，币面铸有鹰的图案。鸦片战争后曾大量流入我国。

② 炮烙　亦作炮格，相传为殷纣王时的一种酷刑。据《史记·殷本纪》裴骃集解引《列女传》：“膏铜柱，下加之炭，令有罪者行焉，辄堕炭中，妲己笑，名曰炮格之刑。”

常忘却了去淘米。

“祥林嫂怎么这样了？倒不如那时不留她。”四婶有时当面就这样说，似乎是警告她。

然而她总如此，全不见有伶俐起来的希望。他们于是想打发她走了，教她回到卫老婆子那里去。但当我还在鲁镇的时候，不过单是这样说；看现在的情状，可见后来终于实行了。然而她是从四叔家出去就成了乞丐的呢，还是先到卫老婆子家然后再成乞丐的呢？那我可不知道。

我给那些因为在近旁而极响的爆竹声惊醒，看见豆一般大的黄色的灯火光，接着又听得毕毕剥剥的鞭炮，是四叔家正在“祝福”了；知道已是五更将近时候。我在蒙胧中，又隐约听到远处的爆竹声联绵不断，似乎合成一天音响的浓云，夹着团团飞舞的雪花，拥抱了全市镇。我在这繁响的拥抱中，也懒散而且舒适，从白天以至初夜的疑虑，全给祝福的空气一扫而空了，只觉得天地圣众歆享了牲醴和香烟，都醉醺醺的在空中蹒跚，豫备给鲁镇的人们以无限的幸福。

一九二四年二月七日。

编后记

绍兴是鲁迅先生的故乡。那里巍峨的寺塔、轩昂的府第、雄伟的殿宇既是古老历史文化的见证，也是鲁迅先生引以为自豪的象征。就是那里的一个村庄、一条深巷、一条小河、一座石桥和一座台门，也常常唤起这位大思想家、大文学家对少年和青年时代的追忆。如今岁月漫漫、沧桑历经，重读鲁迅回忆故乡的作品，寻访依然保留着的珍贵历史遗迹，也许能再次使人领略鲁迅笔下的风貌，勾起对于那个时代的浮想。同时让人心驰神往“山清水秀之乡，历史文物之都，名人荟萃之地”的绍兴。这也许是编就此书之用意。

陆宗寅